サンライズ・ハイツ

菊池 次郎

東京図書出版

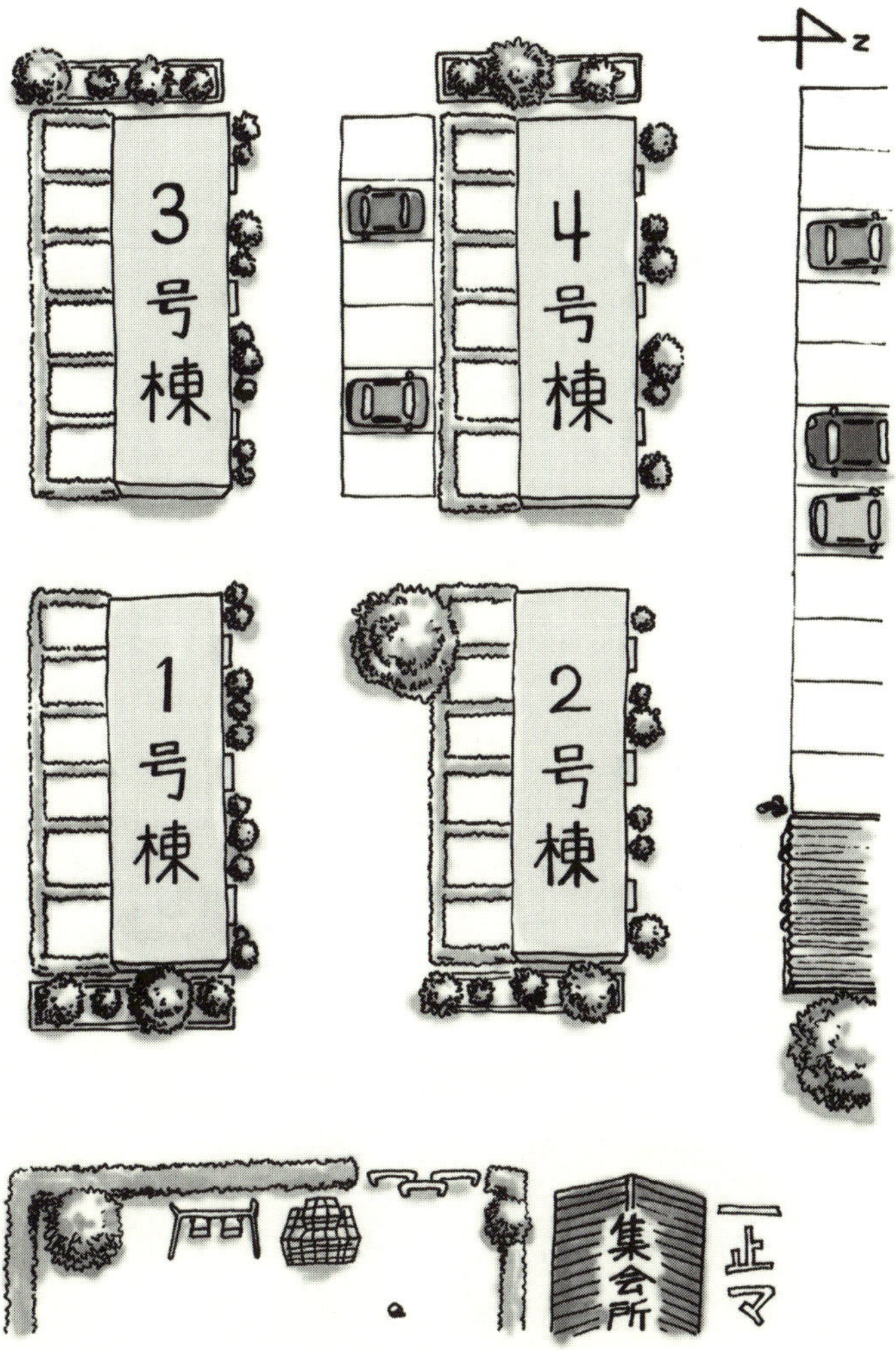

上から見たサンライズ・ハイツ

一

低層四階建ての建物が四棟、几帳面《きちょうめん》に南を向いて並んでいた。壁も階段もクリーム色に塗られていたが、所々、雨風に曝《さら》されてくすんだ灰色に変わっていた。棟の周りを取り囲むように植えられた植栽は、幾度か植え替えられたのか種類も背丈も不揃《ふぞろ》いに並んでいた。その下を、毛並みの良くない太った猫が一つ大きなあくびをし、如何にも大儀そうにのそのそと歩いて行った。屋根のついた駐輪場の隅っこには、空気が抜け埃をかぶったままの子供用自転車が放置されていた。駐車スペースの横に在る欅《けやき》は一抱えもある大木だった。その大きく張った根が、筍《たけのこ》のようにアスファルト舗装を下から突き崩し所々顔を覗かせていた。

遠くから見ると、全体が緑に覆《おお》われて見栄えは良いのだが、近くで見ると古臭いマンションであるのが分かる。

嘗《かつ》ては輝いていたはずのものが、時の流れに揉《も》まれ洗われ、次第にその鮮やかだった彩《いろどり》や煌《きらめ》きを失ってしまったのであろうか。

さほど広くない会議室には、春の午後の日差しが入り込んで暖かだった。遠くから、調子外れの鶯《うぐいす》の声が微《かす》かに聞こえてきた。ロの字型に並べられた四つのテーブルには、二人ずつ八人が座っていた。

「えー、それでは四月の定例理事会、といいましても皆さんにとっては最初ですか。今月の議題はお手元の資料をご覧ください……」

サンライズ・ハイツの管理組合理事会が、別棟に在る集会所で始まったところであった。議長役を務めているのは、理事長の斉藤正人《まさと》である。理事・監事の他に、委託契約を結んだH管理会社の若い男と常駐管理人の大島が座っていた。勿論、この二人以外は全員、当ハイツの所有者であり住人である。管理組合の役員は、組合員全員が一年毎に順番で務めることになっていた。但し、管理組合の運営を円滑に行うため、その中の一名は翌年の理事長として二年連続で務めることになっていたのだ。

この種の集合住宅は、世間一般ではマンションと呼ばれるのが普通だったが、当サンライズ・ハイツの住民は好んでハイツと呼んでいた。何だか、普通のマンションとは別物であるかのように、さして根拠のない優越感であった。

「……修繕積立金の増額の件なんですが、皆さんのご意見を伺いたいと思います。ご承知のようにですね、これは昨年も議題に上がっていたのですが、今年に先送りされてしまったんですよ……」

正人の問いかけに直ぐに応える者はいなかった。数瞬《すうしゅん》置いて声を上げたのは向かい側に座っていたH管理会社の若い男、サンライズ・ハイツの担当なのか、いつも来る人間だった。

「えー、皆さん、ご存知の通りこのマンションも築後三十二年になります。過去二回の大規模修繕から八年が経ってましてですね、あと数年後には次の大規模修繕が待っています。今度は建物の構造にも相当手を入れないといけませんので、費用は今までの倍は掛かります。どんなに先延ばししましても、七年後、築四十年には終わらせないといけませんです。はいー」

正人には、この若い男の話し方がどうにも気に入らなかった。自分はマンション管理の専門家だと言わんばかりで、他人《ひと》を小ばかにしているような気がするのだ。だから、以前名刺をもらったが、（確か小野という名前のはずであった）あえて彼の名前を呼ばないことにしているのだ。

声を上げたのは、正人の隣に座っている副理事長の吉田だった。

「そういえば、このハイツは耐震構造なのかい？」

H管理会社の若い男が間髪《かんはつ》を容れずに応えた。

「ええ、勿論です。国の新耐震基準は昭和五十六年施行ですから。このマンションはその後に建てられています。はいー」

吉田が面白《おもしろ》くなさそうな声を出した。

「そんなの知っているよ。俺も土建屋の端《はし》くれだ。そうじゃなくて、ちゃんと基準を満たす工事をやったのかと訊いているんだ」

若い男もむっとした表情で答えた。

「そりゃあもう、私どものグループ会社が設計も施工も担当して、検査もしっかりやりましたから。えー、ご安心ください」

正人は腹の中で、（ふん、若造が偉そうに。お前が生まれる前の事だ。知ったようなこと言うな）と呟《つぶや》いていた。

吉田が続けた。

「まあそれにしてもガタが来るわな。入居する時、不動産屋の営業マンが言うにはセンチュリー・マンションだってさあ。そんなわけ無いよな。本当のところはどうなんだい？」

「そうですね、正直申しまして百年は無理ですね」

「そうだろうな。じゃあ、何年なんだよ？」

「まあ、メンテナンスの度合いにもよりますけど……、六十年は十分持つでしょうね」

「えっ、六十年しか持たないんですか？」不満げな声を上げたのは、唯一人の女性理事田中だった。ショートカットにした髪のせいなのか、若く見えたがアラフォーであろうか。正人には、その横顔が知的で魅力的に見えた。

「何よ、じゃあ後三十年持たないというわけ？」

「一般的にはそうですね。でも、このマンションがそうだとは言っていません。ですから、大規模修繕が大事だというのです。はいー」

口を挿んだのは理事の常田だった。

「分かりましたよ。兎も角、後三十年は持たしてもらわないと。まだローンも七割以上残っているんでね」正人も何度かあいさつを交わしたことがあったが、確か、五、六年前に引っ越してきた中年の男だった。

正人が言った。

「えー、大規模修繕の必要性はご理解いただけたと思いますので本題に戻ります。修繕積立金を現在の月額九千円から一万五千円に増額する案、どなたかご意見ありませんか？」

理事の川村が懐疑的《かいぎてき》な言い方をした。

「毎月六千円も負担が増えるってことだろう。どうなんだろうな。皆賛成するかね？……儂《わし》は必要なものは払うべきだと思うけどね」

川村は、このハイツが出来て間もないころ、正人も一緒だったが、過去の理事会メンバー経験者の一人であった。

常田が管理会社の若い男に向かって訊ねた。

「これ、何人が反対するとダメなんだい？」

「理事長は昨年も理事をやっておられますのでご存知だと思いますが、これは特別決議事項ではございませんので過半数です。組合員四十九人の賛成が必要です。はいー」

正人が継いだ。

「そうなんですよ。昨年は過半数の賛成が得られないということで廃案になったんですよ」

「そうか、斉藤さんは二期目なんだ。ご苦労さんです。……で、例えば何年か後に、建て替えることになったらどうなるのかね」

川村が言うと、直ぐに、管理会社の若い男は、マニュアルに書いてあるような返事を返してよこした。

「建て替えるとなりますと、所謂《いわゆる》、区分所有法の特別決議事項ですので、五分の四以上の賛成が必要になります。はいー」

川村が顎《あご》を撫《な》でながら言った。

「ふーん。それまた大変だな。まあ儂は七十二だ。そのころにはここには居ないだろうがな」

吉田が笑いながら訊いた。

「川村さん、出て行くつもりですか？」

「うん、棺桶《かんおけ》に入ってな。行く先はあの世だよ。ふぁふぁははははあー」

入れ歯をふがふがさせて笑った。皆もそれにつられて笑った。

一人だけ笑いに加わらない男がいた。

「あのー、六千円も一遍に上げるんですか？　……このハイツ買うときに不動産屋が言っていたんですがね、管理費も修繕積立金も上がらないって。……ローンの返済もあるし……困るんです」

最近入居してきた村杉という若い男だった。その言葉には妙に説得力があり、次の言葉を憚《はばか》らせるのに十分であった。

正人がゆっくりと、右にそして左に顔を向け言った。

「このハイツでも半分以上の方が代わりましたからね。人によって色々事情もあるでしょうね。でも先延ばししても、七年後には追加で五千万円から六千万円くらいは必要なんです。一戸当たりにすると、六十万近くになる勘定ですよ。その時一括《いっかつ》で集められますかね？　本当は月額六千円の値上げでもまだ足りないんですよ」

常田が戸惑いの声を上げた。

「払えなかったらどうなるんですか？」

正人が応えた。

「そうですね、残念ですが所有権を誰かに譲って、出て行ってもらうことになるのでしょうね。管理会社さん、違いますか？」

「はい、区分所有法ではそういうことになります。はい―」

管理会社の若い男の応えは、誰の耳にも酷く事務的に聞こえた。

沈黙が続いた。

正人が言った。

「まあ、上げるとしても来年からですのでまだ時間はあります。もう少し皆で考えてみましょう。何か他に妙案《みょうあん》があるかもしれませんのでね。いずれにしましても、なるべく多くの方の賛同を得たいのです」

反応はなかった。出席者の誰にとっても重たい問題であった。軽々しく結論がだせるはずのものではなかった。

正人が続けた。

「えー次の議題ですが……」

会議は二時間半ほどで終わった。

集会所を出たところで、正人は吉田に呼び止められた。

「斉藤さん、これから例のところどうだい？」

正人が他の人に聞こえないように小さな声で応えた。

「ああ、いいね！」

「じゃあ、イトケンさんと大ちゃんに電話するわ」

「今すぐかい？」

「ああ、勿論《もちろん》！」

歩きながら吉田が携帯を掛けていた。

正人は階段を上って行った。若いころには三階まで一気に駆け上がったものだったが、今では息が切れた。サンライズ・ハイツは低層四階建ての棟が四つ並んで建っていた。エレベーターは無かった。

玄関には鍵が掛かっていなかった。

「あれっ、帰っていたんだ！」

「うん、今日は早く終わったの。何、理事会もうおしまい？」

妻の夕子が、外出着のまま椅子に座ってお茶を飲んでいた。

「いや、これからなんだ。打ち合わせは」

正人は書類の入ったファイルをテーブルの上に置くと、そそくさと玄関に向かった。

夕子の声が背中越しに聞こえた。

「いってらっしゃい。あまり飲みすぎないでよ！」

玄関のドアを押しながら間の抜けたような返事をした。

「はーい」

階段を下りたところで、吉田と出くわした。

ハイツから大通りに抜ける私道を出たところに居酒屋があった。いつもなら、『日の出屋』の文字を染め抜いた暖簾《のれん》が掛かっているのだが、入り口には年季の入った「準備中」の小さな木の札がぶら下がっていた。

入り口の引き戸を開け、中をのぞき込んで声をかけたのは吉田だった。

「大将、ちょっと早いけどいいかな？」

野太い声が返ってきた。

「ああ吉田さん。いいすよ！」

正人も後に続いた。

「いらっしゃい！　お揃《そろ》いで。お二人だけ？」

「ああ、後からイトケンさんと大ちゃんが来る。……女将《おかみ》さんは？」

「居ますよ。おーい、お客さんだよ！」

大将と呼ばれた男がカウンターの中で仕込みをしながら店の奥に声をかけると、

「はーい、ただいま！」

白い割烹着《かっぽうぎ》を着た女将が顔をだした。

「あら、斉藤さん吉田さんいらっしゃい。今日はえらく早いのね。おビール？」

カウンターに座る二人の前に、グラスとビール瓶を置いた。栓を抜いてグラスに注いでくれている時に、ガラガラと音がした。

「あっ、居ました！」

「よう、待たせた！」

二人の男が入ってきてカウンターに並んで座った。伊藤と大田である。

「俺たちも今来たところさ」

「いらっしゃい！」

女将が二人のグラスにもビールを注いだ。

「よし、皆そろったし乾杯だ！」

「乾杯！」

正人も喉《のど》が渇いていたせいか、一気に飲み干した。空になったそれぞれのグラスにビールを注ぎ足していた。

女将がお通しの皿を、皆の前に配りながら訊いた。

「皆さんお揃いで、今日は何の集まりですか？」

吉田が口に付いたビールの泡を手で拭きながら言った。

「今日はね、ちょっと遅いけど花見」

「あら、桜は散っちゃったわよ」

「いいの。ここに綺麗な八重の桜が居るじゃない」

「なにを調子の良いこと言ってるのよ。腹では姥桜《うばざくら》と思っているくせに」

女将が吉田の背中を軽く叩いた。

カウンターの中から大将が威勢のいい声を出した。

「そうだ、今日はね、さくらの良いのがあるんだ。刺身でどうだい？」

「さくら、馬刺しかい？　良いね。大ちゃんどうだい。元気が出るぞ」

「ああ、貰おうかな」

大ちゃんと呼ばれた大田が言うと、ほかの三人も乗ってきた。ビールの次は、焼酎党と日本酒党に分かれるのはいつもの事だった。

女将が、暖簾を掛けに入り口の戸を開けると、西日が店の奥まで入り込んできた。

大将が注文の焼き鳥を忙しげにひっくり返しながら訊いた。

「ところで、この四人はいつ来ても仲が良いですね。いつからの付き合いなんですか？」

応えたのは吉田だった。

「俺たちかい？　……野球さ！」

「野球？」

「少年野球さ！　もう二十年以上前だな。旭町に『サンライズ・ファイターズ』ってあったろうさ」

「ああ、皆さんの息子さんが、成る程。あの頃は何処でも少年野球が盛んでしたからね。うちの店にも、少年野球チームの常連さんがいましたよ。『ライオンズ』に『ドラゴンズ』でしたかな」

「ライオンズにドラゴンズ！　久々に聞く名前だな。ふん、ファイターズには敵《かな》わなかったよ」

大将が焼きあがった焼き鳥の皿をカウンターに置いた。

「へー、ファイターズってそんなに強かったんですか？」

吉田が焼き鳥を頬張《ほおば》りながら言った。

「あたぼうよ！　と言いたいけど、県大会では一回戦で負けたけどな。まあしかしだ、大ちゃんは正真正銘の名監督だからな」

横から正人が話に加わった。

「そう、何しろ甲子園球児だから」

大将が仕込みの手を止めて訊いた。

「大田さんがですか？　へー、凄《すご》いんだ！」

大田が隅の方からぼそりと応えた。

「それほどでもないよ。俺たち、一回戦敗退だから。それに俺、背番号十五番で補欠だったからな。……九回ツーアウトで代打さ。サードゴロだったけどな」

吉田が大きな声を出した。

「何言ってんだ。高校球児って、日本中で何万人もいるんだろうよ。その中で甲子園のグラウンドに立てるのは五百人ぐらいだろう。立派なものさ。なあ皆！」

「そうだよ」「その通り」ほかの二人が相槌《あいづち》を打った。

「へーい、お待たせ」大将が馬刺しの皿をカウンターに並べて置いた。

銘々《めいめい》がその皿を己の方に引き寄せると、赤黒い肉片をにんにく醤油に浸して黙々と食べ始めるのだ。

吉田が、グラスの底に残った酎ハイを一気に飲み干し、カタンと音を立ててカウンターに置いた。お代わりの催促《さいそく》だった。今度は、ポケットから煙草を取り出し火を点《つ》けた。大きく煙を吐き出すと、独りごとのように言った。

「そう。今じゃあその息子達も皆ハイツを出て行って、誰もいないけどな」

正人が一番端に座っている大田に、身を乗り出すようにして訊いた。

「大ちゃん、孫は？」

「息子は独身。娘は結婚したけど子供なし」

「僕のところと同じだな。イトケンさんは？」

イトケンと呼ばれた伊藤が正人の問いに応えた。

「僕のところは、去年、息子に男の子が生まれたんだ」

「へー、じゃあ、今度の五月は初節句だ。兜《かぶと》でも買わなくちゃあな」

「吉田さんのところは二人だっけ」

「そう。孫は可愛いぜ！」

吉田が二杯目の酎ハイのグラスを傾けると、底に沈んでいた氷が涼しげな音を響かせた。

正人が話題を変えた。

「大将はいつからこの店やっているんだい？」

「お宅らのマンションが建つ一年前からですよ。開店当時、工事の人間がよく昼めし食いに来てたからね」

正人が大仰《おおぎょう》な言い方をした。

「えっ、うちのハイツの方が先じゃないの。僕はてっきり、『日の出屋』の看板は『サンライズ・ハイツ』のパクリだと思っていたよ」

「残念でした。今は旭町だけど、ここいらは元々『朝日ヶ丘』と呼ばれていたのさ。だから、お宅らのマンションの方がパクリだな」

「ふーん、だけどサンライズって良い名前だと思ったな。初めは！」

女将が口を挿んだ。

「あら、今だって良い名前じゃないの？　吉田さん」

吉田が口元に笑いを忍ばせて言った。

「今か！　……ダメだな。名前負けだぜ。サン・ダズンツ・ライズ、息子ちっとも勃起《たた》ないもの」

女将が笑って言った。

「何を言うかと思えば、まったく。しょうがないわね」

「『朝日のあたる家』って知っているよね」

正人の相手不明の問いかけに、大田がぼそっと応えた。

「アメリカのカントリー・ソングだ。アニマルズが歌っていたな」

吉田が話を継いだ。

「そうだったな。あれって娼婦《しょうふ》の家の事だろう?」

正人が続けた。

「この辺の話は、商社マンのイトケンさんだな。世界を股に掛けた色男。聞かせてくれよ」

女将が興《きょう》味ありげに言った。

「えーっ、まじめそうな伊藤さんが!」

「女将、知らないの。イトケンさんは典型的なむっつり助平《すけべ》。余興《よきょう》に何か面白い話聞かせてよ」

「面白い話ですか?」

正人の注文に、伊藤が本当に困ったような顔をした。ちょっと考えた末に言った。

「他人から聞いた話だけどね……」

「良いじゃないの。女将さんも興味あるでしょう?」正人が女将に相槌を求めて、伊藤に先を促した。「それで、どうなったのよ?」

「……そうだな、商社マンAとしておこうか。だいぶ前の話だけどね、メーカーの人間とペルーに代理店設定で出張した時の話なんだ。その夜に、二人で出かけたってわけさ。何処って? ちょっと怪《あや》しげな場所だったんだけど、ともかく交渉して安く上げたんだ。それで、次の日に、飛行機を乗り継いで日本に帰って来たんだけどね、途中で痒《かゆ》くなったのさ。それも、時間が経つうちにどんどん酷くなって、成田についてすぐに病院に行くはめになったわけ……」

伊藤が一息ついて、焼酎のお湯割りをぐびりと飲み込んだ。

正人もそれに合わせるように生唾《なまつば》を呑み込んだ。

「うん、それで？」

皆の注意が伊藤の口元に引き付けられていた。

皆の心を弄《もてあそ》ぶように、徐《おもむろ》に伊藤が口を開いた。

「毛じらみ！　分かるだろう？　相手の女にうつされたんだな……」

皆の口から、ふーっと吐息が漏れた。

「ふーん、……それだけ？」

不満げな吉田の言葉に、慌てるふうもなく、伊藤が真面目な顔で続けた。

「いや、本番はこれからなんだ。……まあ、男性の局所に水銀軟膏か何かを塗られてね。それで、竿《さお》の方もかぶれていたので、看護婦さんが包帯を巻いてくれたんだわ。うら若い女性に触られてAも緊張したんだろうね。分かるだろう、息子のほうはなおさらさ。『親の心子知らず』って言うのは当《まさ》にこのことだ。兎も角、処置を終わらせて、蟹股《がにまた》で病院の廊下を歩いていたのさ。運の悪いことに、ブリーフでなくて大きめの柄《がら》パンを穿《は》いていたんだ。どうなったと思う……。廊下の角を曲がった所で、呼び止められたんだ。『もしもし、包帯が落ちましたよ』って。振り向いたら、女性の手のひらに丸まった包帯が載っていたんだ。指の包帯にしては太いしな、得体の知れないのがね。……と言うわけでAは痛く恥ずかしい思いをしたのさ」

吉田が真っ先に手を叩いた。

「面白い！　真に迫っている。イトケンさん、他人の話とは思えないぜ」

「えっ、へへへー」

女将が口を挿んだ。

「伊藤さん、それで女はどうだったのよ？」

「まあまあだったね！」

「やっぱり、自分の話だ。伊藤さんは本当に見かけによらず平助《へいすけ》なんだ」

吉田がニヤニヤしながら言った。

「だから言ったろう！」

皆が笑った。

笑いが収まったところで、吉田が大田に向かって訊いた。

「大ちゃん、どうだい。一周忌《いっしゅうき》も過ぎたことだし再婚は？」

大田は妻に先立たれていたのだ。

ぶっきらぼうな言葉が返ってきた。

「女か！　考えたことないな……。だいいち役に立たないよ」

「そんな事ないだろうさ。……それにセックスだけじゃないからな。夫婦って」

吉田がちょっと真面目な顔をして続けた。「飯食うのだって、テレビ観るんだってな」

伊藤が継いだ。

「そうですよ。川柳《せんりゅう》にあるじゃないですか。『屁《へ》をひって　可笑《おか》しくもなし　独り者』ってね」言った後で自分で笑っていた。

大将が皆の前に皿を並べた。

「俺のおごり。元気が出るねぎ味噌！」

「おっ、いいね」

「ほれ、群馬県特産の『下ネタねぎ』」

「下仁田《しもにた》だろう？」

「そうも言うか」

女将が笑いながら言った。

「全く、セクハラおやじのオンパレードね」

ガラガラと音がして、何人かのお客が入って来た。正人が壁に掛かった時計に目をやると、八時だった。

「そろそろ、引き揚げるわ」

「そうか、明日ゴルフだったな」

吉田も腕時計を見た。

「ちょっと待ってよ。いいものご馳走するから……」

大将が、女将が席を離れているのを見計らって何かの瓶を取り出し、小さなグラスに透明な液体を注いで四人の前に並べた。

「何これ？」

「いいから飲んでよ」

最初に手を伸ばしたのは吉田だった。グラスを目の高さにかざし、次に匂いを嗅《か》いで一気に口の中へ放り込むと、「プフォ……」妙な顔をした。

「皆も飲んで！」

大将に促されて、ほかの三人もグラスを口に運んだ。

「うん、何だこれ？」

「何か生臭いな……」

顔を見合わせていた。

大将がカウンター越しに顔を近づけると、小さな声で囁《ささや》いた。

「これね、マムシ酒。元気出るよ！」

「マムシ酒！　本当かよ？」吉田も小さな声を返した。

顔を火照《ほて》らせた大将は、いかにも自信ありげに言った。

「今晩はギンギンギラギラ！　明日の朝はビンビン、間違いなし。後で戦果を報告してよ」

四人は店を出て歩いていた。火照った頬に、空気が冷たかった。ハイツの入り口に、山桜の木が在った。ハイツ造成の時に切り倒されずに残っていたのが、今では大木となっていた。今年も花を咲かせた。防犯灯に照らし出された路面が、雪に覆われたように真っ白だった。

「ただいま！」

「おかえりなさい！　ご飯は？」

「ああ、お茶漬けでも貰おうかな。……へへへ！」

正人は何だか浮き浮きしていた。自然に口元が綻《ほころ》んでいた。

妻の夕子が疑わしげな眼差しを向けた。

「おや、何か良いことでもあったの？　ご機嫌ね。何だかいつもより顔が赤いわよ」

「まあね！」

正人には微かな期待があった。

意に反して、妻の夕子の返事はそっけなかった。

「ふーん、へんね。……明日ゴルフで早いんでしょう」

翌朝、ゴルフバッグを担いで階段を下りると、吉田の車が待っていた。

「お早う！」

「よく眠れたかい？」

吉田がハンドルを握りながら訊いた。

「ああ……」

「で、首尾はどうだった？」

「朝立ちやションベンまでの何とやらだね」

「俺もだ！」

「何！　何の話？」

後部座席の同乗者が、興味ありげに身を乗り出して訊いてきた。


昭和五十九年四月、公園の周りには移植されたばかりなのか、か細い枝に恥ずかしそうに桜の花が咲いていた。その中で、小学生ぐらいの男の子たちがサッカーに興じていた。隣の砂場には、女の子たちが遊んでいた。小規模ながらアスレチック遊具も備えられていた。子供たちの声に雑《ま》じってひばりの声が聞こえていた。見上げると、青空が眩しかった。

ハイツの集会所にある会議室は人で溢《あふ》れていた。人いきれの中に、新築独特の壁や天井からの塗装の匂いが漂っていた。折畳《おりたた》み椅子が四十ほど用意されていたのだが足りなかった。周囲には立っている人で、人垣ができていた。奥にはテーブルが用意され、入り口を向いて六人が座っていた。正人は一番端に座っていた。真ん中の男性が立ち上がり、一礼した。

「ええ、それではこれより第一回サンライズ・ハイツの管理組合総会を行います。先ず自己紹介をさせていただきます。不肖《ふしょう》私、H管理会社さんのご推挙《すいきょ》によりまして管理組合理事長を務めさせていただきます神田勝利でございます。何卒よろしくご支援のほどお願いします。えー、続きまして理事の皆さんをご紹介させていただきます。右隣が副理事長の川村さん、その隣が……最後が監事の斉藤正人さんです」

理事長の神田は、五十過ぎの人当たりの良い男だった。名前をよく耳にする上場会社の総務課長だという噂だった。ハイツの運営を委託されているH管理会社の推薦であった。ひょっとすると、神田の勤めている会社とH管理会社とは、どこかで接点が有るのかもしれなかった。第一回の管理組合の役員は理事長同様に、管理会社が組合員の名簿から適当にピックアップして指名するのが普通だった。正人もそんな中の一人であった。

正人は最後に立ち上がり、名前を言って頭を下げた。

「監事の斉藤正人です。よろしくお願いします」

そもそも、組合員の誰もが、委託契約を結んだH管理会社がどういう立場なのかもよく分かっていなかった。ハイツの売買契約を結んだ不動産会社の延長ぐらいの心算《つもり》でいたのである。

総会はH管理会社の書いたシナリオ通りに進められていくはずだったが、時折脱線した。参加者の殆どは、管理組合も、区分所有法の何たるかも知らない人ばかりであった。議論があちらこちらとふらつくのはやむを得ない事だった。

若い男性が立ち上がり発言をした。

「修繕積立金の趣旨《しゅし》は分かったけど、地震が起きたらどうなるんですか？」

理事長が途方に暮れた顔をするのに、前の方に座っていた年配の男性が代わって答えた。

「ああ、この辺の岩盤は確りしているからね。それに活断層もないから直下型の地震は無いですよ。安心してください」

手を挙げて質問に立ったのは別な若い男性だった。

「どうして無いって言いきれるんですか？」

先ほどの年配の男性が、座ったまま振り向いて勝手に応えた。

「私は気象庁に勤めているんですから間違いないですよ」

何だか小ばかにしたようで、言い方が全く役人そのものだった。

H管理会社の中年の男が立ち上がって理事長に発言を求めた。

「ただいまの地震に関するご質問ですが、当ハイツでは、地震保険は火災保険と一緒に入っていますからまったく問題ありません。勿論、台風等の自然災害もカバーされますからご安心ください。ええー」風采《ふうさい》からして何だか、保険会社のセールスマンみたいな奴だった。

おばさん風の女性が手を挙げた。

「自治会はどうするんですか？　ここにはお子さんをお持ちの方も沢山いますのでね」

H管理会社の中年の男が立ち上がった。

「おっしゃる通りです。えー、一回目は理事長さんが自治会長を兼務するのが普通です。ですから、神田さんに自治会長をやっていただいて、自治会を作っていただくということでお願いします。ええー」こういう場には慣れていると見えて、如才《じょさい》ない答えだった。

正人はテーブルの端っこの席で、黙って成り行きを見守っていた。もっとも、自分の職責である監事の役目が何であるのかもよく理解していないのだ。今はただ、この会議が一刻も早く終わることだけを考えていた。

出席者の顔ぶれを見回すと、殆どが三十代から四十代前半といったところだった。

この街はC県の西にあるN市の外れに在った。私鉄のH駅から十分ほどでターミナル駅に出て、JRに乗りついで都心まで一時間弱掛かった。元々、N市は田んぼと畑と小高い丘陵に囲まれた静かな町であったのが、昭和四十年代後半から住宅開発が進み、都心に通う多くのサラリーマンがマイホームを夢見て引っ越してきたのだ。都心に勤める人々にとって、ドア・ツー・ドアで一時間半は十分通勤圏内であった。

機械メーカーの本社に通う正人もそんな中の一人だった。この街を選ぶのに、特別な理由があったわけでもなかった。偶々《たまたま》、ターミナル駅が在るK市に社宅があり、結婚して四年ほど暮らしていただけの事だった。サンライズ・ハイツに決めたのは、手持ち資金と借りられるローンの限度額から導き出された結果に過ぎなかった。そういう意味では、この総会に出席している殆どの人たちも同じ理由でここに決めたに違いなかった。強《し》いて言えば、ハイツが低層四階建てで敷地も広く、併設された公園や周りに残された森の緑も、気に入った理由であるのは確かだった。

平日の朝、七時半に家を出ると、最寄りのH駅も、JRのターミナル駅も人で溢れていた。土日の休みに家族を伴って行くショッピング・モールも、近くの公園も、ファミレスも小さな子供連れの家族でいっぱいだった。しかも、年毎に、月毎に人の数が増えてゆくように感じられるのだ。何だか、街中何処へ行っても（ワッサカ・ワッサカ）祭りのような騒がしさであった。

やがて、正人に娘が生まれた。茜《あかね》である。三つ違いの長男晃《あきら》は社宅で生まれていた。

毎月、容赦《ようしゃ》なく引き落とされる住宅ローンの返済やハイツの管理費・修繕積立金の支払いが家計を直撃しないはずはなかった。覚悟はしていたつもりだったが、予想以上に厳しいものになった。月末にはいつも金がなくなり、妻の夕子に泣きつかれ、ボーナス時に蓄えてあった雀の涙ほどの貯金を取り崩して急場を凌《しの》ぐのだった。それでも、当時流行りのサラ金に手を出さなくてもよかっただけ幸いであった。

それはハイツで暮らす何処の家庭でも同じだったのかもしれない。

もう一つ困ったことがあった。JRのターミナル駅発H駅行きの最終電車が、十一時十五分であったことである。これに乗るためには、逆算すると、東京駅を遅くとも十時四十分には出発しなければならないのだ。

当時は何処でも同じだったであろうが、正人の職場にも、パワハラ部長にセクハラ副部長と、お追従《ついしょう》のヒラメ課長がいた。この年代の上司は、コミュニケーション能力と人望の無さを補う為なのか、何かと口実をもうけては、飲み会をやりたがった。正人は当時主任であり、その度に幹事を命ぜられたのだった。

そんなある日の事、部長に呼ばれた。

「おい、斉藤君、今週の金曜日飲み会だ。どこか手配してくれ」

正人は努めて感情を表に出さぬようにして応えた心算だった。

「全員参加ですか？　今週は月末で結構忙しいんですけど……」

傍《そば》にいたヒラメ課長が、ばね仕掛けのおもちゃのようにすかさず反応した。

「何を言っとるのかね。君、部長がね、日ごろの皆の奮闘をご慰労《いろう》くださるというのが分からんのかね」

横から副部長がダメ押しをしてきた。

「おい君、特に女性は全員参加だぞ！」

(特にってどういう意味だよ。まったく、このセクハラおやじが) 心の中で毒づいていた。

正人は、渋々、部内の全員にメモを回すのだったが、案の定、女性陣からは猛烈な不満の声が上がった。中でも、職場のボス的存在のアラサー女史から、面と向かって文句を言われた。

「斉藤主任、言いたかないんだけどね、飲み会っていったって、セクハラおやじの酒飲みに付き合わされるだけじゃないの。私らは、芸者やコンパニオンじゃないのよ。おまけに、会費は割り勘だって。冗談じゃないわよ」

いつものことながら、頭を掻きながらなだめすかすしか手はないのだ。

「分かった、わかった。会費は男性の半額にさせるよ。なあ、頼むよ。みんな出てくれよ」

「まあ、しゃーないか。……その代わり、ねー斉藤さーん。二次会に何処かへ連れてってよ。ねーえん」鼻に抜けるような声を出しながら、アラサー女史は、何だかやけに色っぽい目で見つめるのだった。

金曜日の夜、宴会は新橋に在るおでん屋の二階で行われた。勿論、会費は確り徴収された。部内の親睦《しんぼく》とは名ばかりで、パワハラとセクハラのオンパレードだった。これで終わればまだ幸せだった。この後、部長のご指名で、二次会に繰り出すのだ。正人にだって、この投網《とあみ》から逃れられる術《すべ》はないのだ。当たり前だが、彼らの前で、アラサー女史との約束など言い出せるはずもなかった。

二次会は、神田の怪しげなバーだった。正人は、時間が気になって飲んだ気がしなかった。漸く解放されたのは十一時であった。最後のヒラメ課長の言い草に腹が立った。

「君たち、部長にお礼を言って。ここの勘定は部長が持って下さった」

頭を下げながら（何を言っているか！　どうせ後で交際費に回す癖に）腹の中で毒づいてい

た。

結局、ＪＲのターミナル駅に着いた時には、Ｈ駅行きの最終電車が行ってしまった後だった。駅前のタクシー乗り場には長蛇《ちょうだ》の列ができていた。幸い、天気が良かったので歩いて帰ることにした。ターミナル駅から自宅まで十キロ程だった。線路に沿って、不慣れな道を歩いて行った。道は暗く、曲がりくねっていた。住宅地に迷い込むと犬に吠えられ、防犯灯が急に点いたりして驚かされた。家へ着いた時には一時を回っていた。

八十平方メートル、三ＬＤＫで決して広くはなかったが、それでも、我が家は居心地が良かった。ウサギ小屋のような狭い社宅とは比べるべくもなかった。マイホームを持てたことが誇らしかった。

その後も、この街も含めて、周りには一戸建てやマンションの分譲住宅が猛烈な勢いで開発されていった。それに伴い、分譲価格もうなぎ上りとなってゆくのであった。所謂バブルであった。日本中の誰もが、気が付かないうちに、阿波踊りのように踊らされていたのである。

二

居間の電話が鳴っていた。正人が出ると、相手はハイツの管理人の大島だった。

「理事長、相談があるんですけどお時間ありますか？」

「ええ、いいですよ。今からですか？　……じゃあ、管理人室に行きますよ」

集会所に併設された管理人室は狭かった。正人は管理人が座る事務机の傍のパイプ椅子に座っていた。管理人の大島は六十を幾つか過ぎた、実直そうな男だった。このハイツが出来てから何代目の管理人になるのか、確か二年前に代わったはずだった。不器用な手つきでお茶を淹れてくれた。

正人が熱いお茶をすすりながら訊いた。

「どんな話ですか？」

「はあ、実は未収入金がありまして。二カ月滞納しているんです。今月で三カ月ですから……」

「管理費ですか？」

「そうなんです。三号棟の四階の四〇四の成田さんなんですが、昼間はいつ行っても居ないんですよ。……H管理会社の方からも言われていましてね、督促《とくそく》するようにって」

管理人が督促状を正人の目の前に広げた。

「成田寛子さん！　女性の方ですか？」

十年くらい前に越してきた夫婦だったが、確か以前この部屋は田村という名前のはずだった。そういえば、最近離婚したという噂を聞いたことがあった。

管理人が応えた。

「ええそうです。多分、昼間は働いているんだと思います……」目を伏せると、弱々しい声で続けた。「それで、申し訳ないのですが、督促に行っていただけないでしょうか？　私、夜は勤務外なものですから」

「ああ、いいですよ。最終的には理事会の責任ですから。で、督促状は前にも出したのですか？」

「はい、先月も出してあります」

「で、返事が無いというわけですか。管理費が六千円、修繕積立金が九千円と駐車場の使用料が三千円で合計一万八千円。今月分も入れると、全部で五万四千円ですか……」

言いながらつい溜《た》め息《いき》が出てしまった。

管理人が申し訳なさそうな声で言った。

「理事長さん、お手を煩《わずら》わせますがお願いします」

「うん、分かった。この新しい督促状を本人に渡して、滞納分を集金してくるのね。少なくとも、返事をもらってくればいいんですね」

正人は督促状を手に、管理人室を出た。安請け合いをしたものの考えてしまった。たとえ理事長といえど、夜分、女性宅を一人で訪問するのは憚《はばか》られた。

熟慮《じゅくりょ》の末、理事の田中女史に頼むことにした。

前もって、電話でお願いすると快諾《かいだく》してくれたのだ。夜の七時、三号棟の階段の下で彼女を待っていた。

コツコツと軽やかな音を響かせて、田中女史が現れた。

「お待たせしました」

「田中さん、すみませんね。お願いしちゃって」

礼を言って頭を上げると、正人の目の前に瞳の輝きがあった。

二人は足音を立てないように階段を上り、四階のアルコープに辿《たど》り着いた。入り口のドアの上には、厚紙にフェルトペンでお世辞にも上手とは言えない字で『成田』と書かれた表札が貼られてあった。チャイムを鳴らすと、しばらくして鍵が開く音がして、半開きのドアから顔を覗かせたのは、おかっぱ頭の女の子だった。

「お母さんいる？」

田中女史が優しい声で訊ねてくれた。

「ううん。まだ帰っていません」

小学校の三、四年生であろうか。

「じゃあ、何時頃帰るのかな？」

「八時頃だと思います」

田中女史が正人の方を見て言った。

「どうします？　出直してきますか？」

「そうですね。九時頃にどうですか？」

田中女史が女の子に向かって言った。

「じゃあ、お母さんが帰ったらね、管理組合の人が九時にまた来ますって伝えてね。出来る？」

女の子がこっくりと首を縦に振って返事をした。

「うん、分かりました」

二人は足音を忍ばせて階段を下りた。

「すみませんね。じゃあ出直しということで……」

田中女史が立ち止まり、顔を曇らせて言った。

「成田さん、離婚して母子家庭なのよね……分かるわ」

正人は、眉根を寄せて何かを考えている田中女史の顔も魅力的だと思った。

九時過ぎ、二人は草臥《くたび》れたソファーに座っていた。

向かい側に、フローリングの床に直接正座をしている女性が居た。この家の主、成田寛子だった。三十代なのだろうが、化粧っ気のない顔が酷く窶《やつ》れて見えた。

成田が床に手をついたまま、顔を上げずに言った。

「理事長さん、申し訳ありません。管理費の事ですよね」

正人は努めて穏やかな声を出した。

「こちらこそ夜分遅くすみませんが……」

「督促が来ているのは存じています。来月には何とか全額払えますので、待っていただけませんでしょうか」

「そうですか。でも三カ月滞納しますと管理規約がありましてね、何らかの処分をしなければならないのですよ」

「……」

成田は下を向いたままだった。

正人が続けた。

「立ち入ったことを聞くようですが、これから先も、毎月一万八千円払っていけるものですか？　失礼ですけど住宅ローンもあるんでしょう」

「はい……。正社員になれればいいんですが。パートなものですから」

聞き取れないほどの低い声であった。

正人が田中女史の方を見て溜め息をついた。

田中女史が代わって訊いてくれた。

「成田さん、お嬢さんお幾つ？」

「小学校四年生です……」

「これからお金かかるのよね。で、パート毎月手取り幾らもらっているの？」

「はい、十五万ぐらいです」

「じゃあ、ローンの返済は幾ら？」

「月四万です」

「そうすると、光熱費と携帯電話とそれから健康保険。それじゃあ、五万円も残らないでしょう」

「はい……」成田は顔を上げると、縋《すが》るような目つきで言った。「理事長さん、必ず払いますからもう少しだけ待っていただけないでしょうか。近いうちに、きっと正社員になれますから」

正人が応える番だった。

「うーん。でも正社員になれなければどうするんですか？」

「――……」成田からの返事は無かった。

沈黙が続いた。

今度は田中女史が正人の方を向いて溜め息をついた。

「これでは無理よね。払えなかったらどうなるの？　生活保護の申請でもするのかな」

「資産が在ったら、処分しなさいと言われるでしょうね」

「じゃあ、どうすればいいの？」

「うーん……」

正人も言葉に詰まった。

成田が、上目遣いに二人の顔を見比べていた。正人にだって妙案はなかった。再び重苦しい沈黙が続いた。

成田が正人に向かって恐る恐る訊ねた。

「払えなければ、ここを出て行くしかないのでしょうか？」

正人は極力相手を刺激しないように、優しい声でいった。

「そうなんだけど、ローンは幾ら残っているんですか？」

「七百万弱ですが……」

「あっそう！」正人に良い考えが浮かんだのか、明るい声で続けた。「今だったら、ここは他の棟より部屋が広いから八百万円くらいで売却できるかもね。もしそうするなら、差し引き百万くらいは手元に残る勘定ですよ。どうです？」

成田が恐る恐る顔を上げ、それでもはっきりとした口調で応えた。

「あのー、私ここを手放したくないんです。これしかないんです、私たちの財産は。……将来の事を考えると、子供の為にも！」

「そうでしょうね。……何かいい方法がないのかしら？」田中女史は思案顔で、救いを求めるように正人を見た。

「うーん、弱ったなー……」

思わず、腕を組んで天井を睨んでしまった。シャンデリア型の蛍光灯の一つが切れていた。

暫くして、正人の口からポロリと言葉がこぼれ出た。

「この家を貸すことかな！」

田中女史が驚いたような声を出した。

「えっ、それどういうこと？　じゃあ、成田さんたちは何処で暮らすのよ」

正人が厳しい顔で応えた。

「気の毒だけど、成田さんにはここを出て安いアパートを借りてもらうんですよ。空いたところで賃貸に出すのさ。この辺の相場だと、月七万円と駐車料金一万くらいにはなると思うよ。それで、四万円くらいのアパートを借りれば、毎月四万円浮くことになるでしょう。これを住宅ローンと管理費と修繕積立金を払う財源にするというのはどうですか？」

「うん、いいアイデアね。でも四万円で借りられるアパートだと、相当環境は悪いと思うけど。

……いずれにしてもここを出なくてはいけないでしょうね」

「それしか他にないでしょう。成田さん、どうですか。考えてみてくれませんか」

正人の問いかけに成田が顔を上げて応えた。

「はい、考えてみます」

「来週また伺います。その時に返事を聞かせてください。もし他人に貸すんだったら、不動産屋に心当たりがありますので紹介します。それでも、アパートを借りるには敷金とか礼金とか少し纏《まと》まったお金が必要になりますが、当てはありますか？」

「はい、それも何とかします」

二人は席を立った。

玄関口で正人が言った。

「お邪魔しました。じゃあ、来週の今頃」

「ご迷惑をおかけしました。ありがとうございます」

成田が深々と頭を下げた。

翌月、成田母娘はハイツを出て行き、入れ替わりに借家人の家族が越してくることになった。

母娘が出て行く日、正人と田中女史が引っ越しの手伝いに来ていた。二人の引っ越し荷物は四トン・トラック一台で十分だった。

「理事長さん、田中さんお世話になりました」

「一年後に、また戻って来られるように頑張ってください。お元気で！」

「成田さん、無理しないでね。お嬢さんの為にも、身体を壊しちゃお終いですからね」

母親が深々と頭を下げた。娘は名残惜《なごりお》しそうに自分の居た部屋の辺りを見上げていた。娘にとって、ここが故郷《ふるさと》のはずだった。母親がどう説得したのか知らないが、娘は涙も見せずに母親に促されて俯《うつむ》きかげんに歩き始めた。

去ってゆく二人を見送りながら、呟くように正人が言った。

「戻って来られるのかな？」

田中女史が応えてくれた。

「難しいでしょうね。多分、戻っては来ないでしょう。シングル・マザーが子供を育ててゆくのは厳しいんですよ。……それにしても、あの娘の父親は何を考えているのでしょうね。責任を感じないのかしら。私、小学校の教師なんですけど、クラスには給食費を払えない子がいるのよ。そういう子供たちにお昼ごはん食べさせないというわけ？　市の方ではそういう指導をしているのよ。……子供を大事にする政治ですって。ふざけるなって言ってやりたいわ。ねえ、そう思いません。この国って変じゃない！」

「……！」

正人には返すべき適当な言葉が思いつかなかった。それにしても、田中女史の言うように、結局はこの母娘の願いも虚《むな》しく、唯一の財産であるハイツの部屋を失うことになるのかと思うと、哀れになった。

田中女史に目を向けると、その横顔が凛《りん》としてすがすがしく感じられた。

「田中さん、お手数をかけてしまいましたね」

「理事長さんの方こそご苦労様でした」

笑顔が返ってきた。

正人は、少しだけ救われたような気がした。


正人が、理髪台の背もたれを倒して髭《ひげ》を剃ってもらっているところだった。平日の『バーバー熊谷《くまがい》』は空《す》いていた。ドアの開く音がした。

顔を覗かせたのは吉田だった。

「こんちは！　直ぐできるかい？」

主人の熊谷がカミソリを持ったまま振り向くと、大きな声を出した。

「いらっしゃい！　おーい、お客さん」

奥の方からスリッパの音をせかせか響かせて、小洒落《こじゃれ》た柄の上っ張りを着込んだ女将が現れた。

「いらっしゃい。あら、吉田さん。お久しぶり」

吉田が隣の理髪台に座るのに、正人は泡のついた顔を無理に横向けた。

「やあー……」

「よー……。今そこで宇津保《うつぼ》のおやじとすれ違ったよ。散髪の帰りだろう？　おやじ、禿《は》げ頭一生懸命撫で上げてよ、『いやーちょっと短く刈りすぎた』なんて俺に言うんだぜ。笑っちゃうよ。短いも何も、元々無いじゃないか」

女将が、髪の毛除けの覆いを吉田に掛けながら言った。

「相変わらず、口が悪いわね。今日は、いつもと同じ？」

「ああ、ちょっと短めにして」

女将の操《あやつ》る鋏《はさみ》の音がリズミカルに聞こえてきた。

吉田がちらりと主人の方に目をやった。

「しかしよー、宇津保のおやじみたいな禿《はげ》も同じ料金かい。刈る量は半分以下だぜ。よく文句が出ないな」

主人が手を休めずに話に加わった。

「吉田さん、少ない人の方が気を遣うんですよ」

正人の肌に触れたカミソリがちょっと痛かった。

女将が継いだ。

「そうよ、吉田さんみたいに髪の毛の多い人は、多少間違えても平気だけどね」

「おいおい、奥さん！　勘弁してくれよ。『バーバー熊谷』じゃなくて『バーバー虎や』、虎刈りになるぜ」

「大丈夫よ。どうせ後ろは見えないんだし」

女将が笑いながら鋏を動かしていた。

「ちょうどいいや。吉田さんも来週火曜日のゴルフ参加ね？」

「ああ、勿論。で、何組揃《そろ》った？」

「二組、八人。……最近参加者減ってきてね。皆さん高齢化ですよ」

主人が蒸しタオルで正人の顔を拭いてくれた。

正人が主人に言った。

「昔は多い時には四組、最低でも三組は集まったのにね。それだけ、お宅の客が減ったって事かい？」

「若い人はうちの店なんかに来ませんよ。この辺も、高齢化ですよ。裏の一戸建ての分譲住宅も、空き屋が増えましたからね」

吉田が横から口を挿《はさ》んだ。

「だけど、暇《ひま》持て余して行くところの無い年寄りは来るだろう。俺たちみたいにさ！」

「ええ、おかげさまで……」

吉田が勢いづいて減《へ》らず口を叩いた。「看板取り替えた方がいいぜ。『バーバー』じゃなくて、

『ジージー熊谷』ってな!」言った後で、自分でも可笑しかったのかへらへら笑っていた。

正人が話題を変えた。

「お宅は確か息子さんがいたよね。この店継がないのかい?」

「ダメダメ、床屋なんてダサいって出て行ったよ。ヘア・デザイナーだってさ」

「じゃあ、この店どうするの?」

「私ら、年金貰うようになったら店閉めるよ。だって、十年後のことを想像してよ。お客来るわけないでしょう」

ドライヤーの音が耳元で煩《うるさ》かった。

昔はこの街も活気に溢れていた。いつだって、どこに居たって子供たちのはしゃぎ声が聞こえてきたものだ。その子供たちも皆大きくなり、この街を離れて行ってしまった。時の流れは、無情だった。情け容赦《ようしゃ》なく、古びたものだけを置き去りにして行ってしまうのだ。

悪い事には十年前、最新式の高速鉄道がちょっと離れたところを横切るように開通したため、人々の関心がそちらに向かい、この街はすっかり取り残されてしまったのだ。所謂ドーナツ現象。都心への通勤圏が、さらに遠くへ延びていったのである。

主人が言った。

「斉藤さん、来週のゴルフ頑張ってくださいよ。……最近調子悪いじゃないですか?」

「うん、歳かなー……」

「ホームクラブのオフィシャル・ハンディ幾つ、シングルでしょう？」

正人は、この十数年ハンディ十で変わらなかった。

「違うよ。ハンディ十。もう駄目だね……」

「そんなことないでしょう。七十になってシングルになる人も居るんですから」

吉田が横から声をかけてよこした。

「熊谷さん！　いいんだよ、斉藤さんは不調なくらいで。また優勝さらわれるからさ」

「違いない！」

主人が、刷毛《はけ》ブラシで正人の服に付いた髪の毛を払ってくれた。

「はい、お疲れさま」

「じゃあ、来週ね。吉田さんおさきに！」

外に出ると、五月の風が心地よかった。正人は思わず頭を撫でた。


娘の茜が小学校へ入学したのは、年号が平成に代わり、バブルの崩壊で不景気だった頃である。正人自身は課長に昇格したおかげで、給料が上がっていた。それでも家計は苦しかった。旨くできたもので、給料が上がったと思ったらその年から、住宅ローンの金利据え置き期間が終わり、月々の返済額が三割増しになっていたのだ。銀行から送られてくる、ローンの残高明細では元金がほとんど減っていなかった。

毎朝、ハイツの一号棟から四号棟まで棟ごとに、子供たちが長い列を作っていた。集団登校である。一番前には、黄色い帽子をかぶり、体の割にはやたら大きなランドセルを背負った茜がいた。その他にも、何人か真新しいランドセルの子がいた。やがて、六年生の女の子の先導で、列は前へ進んでいった。正人には、茜の体が一際《ひときわ》小さく見えて、如何にも頼りなさそうに見えるのだった。

何カ月かが過ぎ、学校生活にも慣れたはずのころの事だった。朝、茜が泣いていた。「どうした？」と訊いても泣きじゃくるばかりだった。妻の夕子の話では、原因は給食らしかった。担任の女の先生が、給食を残すと叱《しか》るのだという。茜は、体も小さく、元々食の細い子だった。

「茜、給食残したっていい。食べられないものを無理に食べることはないぞ」

「だって、先生に叱られるんだもん……」

益々《ますます》大きな声で泣きだすのだった。

正人は途方に暮れて、妻の夕子に向かって言った。

「おい、お前。学校に行って何とかしろよ」

妻が不服そうな顔で言い返した。

「何とかって、どうするの？　あなたが行って話してよ」

「俺は忙しいんだ。どうするって、校長先生に話をするとかさ……。兎も角、俺は会社に行くぞ」

それから、妻の夕子が校長先生に直談判したせいなのか、茜の給食騒動も落ち着いたようだった。

正人は課長になって、海外出張が多くなった。インドネシアのジャカルタから夜行便で帰って来た日が、丁度小学校の運動会だった。成田空港から電車を乗り継いで家に着いたのは九時半だった。急いで着替えをして、運動会の会場へ向かうと妻が場所を取って待っていた。

「遅かったのね。もうすぐ、茜たち一年生の徒競走《ときょうそう》が始まるわよ」

「遅いったって、これでも特急で帰って来たんだぜ」

「うん、分かったから、写真撮って」

正人が安物のインスタントカメラを構えると、隣の男は、如何にも重そうにして望遠レンズを付けた高級カメラを構えていた。何人もの父兄が、己が子供の雄姿《ゆうし》を撮るべく、ポジション争いをしていた。スタートの合図がなった。七、八人の小さな影が見る間に大きくなってきた。案の定、茜はビリだった。正人は写真を撮るのも忘れて思わず叫んでいた。

「茜、がんばれ!」

茜はその小さな身体で一生懸命走っていた。最後まで、転ばないでゴールに辿り着いてくれた。正人は何だか涙が出てきそうだった。

昼休み、校庭の隅に敷いたビニール・シートの上に正人たち四人が座っていた。

「お父さん、間に合ったんだ。ねー、私の走ったの観た？」

「ああ、観たよ。茜よく頑張ったな！」

「うん、転ばないで最後まで走れたの」

息子の晃が得意そうに言った。

「お父さん、僕のは？　僕一等賞だよ」

「うん、観た観た」

皆は、重箱に詰まった弁当を食べていた。海苔《のり》巻《ま》きと稲荷《いなり》ずし、それに茜の好きな卵焼きと鶏のから揚げが添えられていた。妻の夕子が朝早く起きて準備をしたのであろう。

お茶を飲みながら正人が言った。

「ああ、ビール飲みたいな」

「駄目よ！　あなた。この後、父兄の地区対抗リレーに出なくちゃあいけないのよ」

「なんだ、それ？　俺知らんぞ！」

「ハイツの地区委員の方に頼まれたのよ。お宅のご主人、ラグビー選手でしょうって言われてね」

「本当かよ？」

「うわあ、お父さん頑張って。茜、応援するから」

午後一番、父兄による地区対抗リレーが始まった。一人校庭一周、二百メートルを四人が走るのだ。ハイツの他の三人は、顔こそ見たことがあるが名前は知らない人たちだった。正人はアンカーだった。バトンを受けた時には、八人中四番目だった。正人は、走るペースを八割に抑えていた。半周を過ぎたあたりから案の定、前走者のスピードが鈍ってきた。三コーナーで一人を抜いた。児童席の一番前で茜が叫んでいるのが横目に映っていた。四コーナーに差し掛かると前の二人の足がもつれて転んだ隙《すき》に、難なく先頭に立てた。結局、一位でゴールのテープを切ったのは正人だった。

「いやーよかったよかった。斉藤さん、すばらしい！」

「皆、よく頑張った！」

皆は手を取り合って祝福しあった。

「まあ、一杯！」

ビールをくれたのは、ハイツの人なのだろうが、知らない顔だった。それからは、大きなビニール・シートに車座になって、宴会が始まった。ビールが空になると次は焼酎だった。

翌朝、といってもお昼近くだったが、正人は目が覚めても昨日の事をよく覚えていなかった。どうやって家に辿り着いたのかは、まったく記憶になかった。

三

毎年、梅雨《つゆ》入りの前に、消防訓練が行われることになっていた。日曜日の午前中、ハイツに隣接した公園には、大人や子供が集まっていた。輪の中心にいたのは正人だった。当ハイツでは、いつのころからか、管理組合の理事長と自治会の会長を兼務するのが慣行《かんこう》となっていた。

「えー皆さん、お早うございます。自治会長の斉藤です。今日は天気も良い事ですので、消防訓練には絶好です。これから、消火訓練も含めまして市の消防署の方からご指導をいただきます。では、よろしくお願いします」

正人がハンド・マイクを消防署の人間に渡した。

「えー、それでは今日は初期消火について説明いたします……」

公園の中央に、薪《まき》が井桁《いげた》に積み上げられていた。皆の見守る中、薪に火が点けられると炎が空に向かって舞い上がった。消防士の手によって、予め用意されていた消火器から消火剤が勢いよく噴霧《ふんむ》された。火はたちまちにして消し止められ、辺りには、白い粉と煙が燻《くすぶ》っていた。

訓練は何度か繰り返された。その都度参加者は、恐る恐る消火器のピンを抜き、レバーを握り、ホースの先から噴射される消火剤の勢いに驚かされるのだった。

訓練は一時間ほどで終わった。

正人が家に戻ると、妻の夕子は合唱のサークルにでも出かけたのか留守だった。ソファーに座って新聞を読んでいると電話が鳴った。

「斉藤ですが」

「ああ、理事長さん。至急三号棟の一〇一までおいで願えませんか」

管理人の大島だった。

正人が急いで三号棟に来てみると、一階の入り口の傍に管理人が待っていた。

正人が訊ねた。

「どうしたんですか？」

管理人が声を抑え、ひそひそ声で応えてくれた。

「理事長さん、泥棒《どろぼう》です。消防訓練の間に泥棒に入られたみたいなんです」

「泥棒ですか！」

一〇一号室の入り口のドアを開け、玄関口で話をしていたのは制服を着た警官だった。正人の方を向いて、帽子の庇《ひさし》に手をやるように軽く敬礼をした。

「自治会長さんですか？」

「はい、自治会長の斉藤です。泥棒ですって？」

「ええ、ちょっとこのお宅で……」

警官がお終いまで言う前に、この家の女が口を挿《はさ》んだ。

「自治会長さん、聞いてくれる。消防訓練から戻ったらね、ベランダに干してあった私の下着が盗まれているのよ。それでお巡りさんに来てもらったの」

津川夫人である。派手な格好で出歩いているのをよく見かけるが、どう見ても六十前とは思えなかった。

警官が継いだ。

「はい、それで駆け付けたんですがね。ああ、私は旭町派出所の前田です。消防訓練とかの間に狙われることがよくあるんですよ」

正人が言った。

「その点は、市の消防署の方からも言われてましてね、回覧板には必ず戸締まりをしてから参加してくださいと注意をしてありますがね。……それで、ほかに金品の被害は？」

前田と名乗った警官は素直に応えてくれた。

「いえ、無くなったのはベランダに干してあった下着だけだそうです」

正人がちょっと間の抜けたような言い方をした。

「はあっ、下着だけですか。それって奥さんのですか？」

津川夫人が口をとがらせて言った。

「当たり前でしょう。主人のを盗んでどうするのよ。変態よ。女性の下着を盗むなんて変態に違いないわ。お巡りさん、そうでしょう？」

警官がちょっと困ったような顔で言った。

「まあそうですね。で、どんな下着ですか？」

「どんなって、私が穿《は》く、フリルの付いた赤とピンクの綺麗な下着よ」

男たちは思わず同時に声を出してしまった。「はあっ、赤とピンク！　フリル？」そしてお互いに顔を見合わせ、吹き出すのを我慢していた。

そんな男たちの態度にはお構いなしに、津川夫人が胸を張って言った。

「そうよ。私気に入っていたんだから……」暫く考えていたが、何かに思い当たる節でもあったのか、大きな声で続けた。「そうだ！　隣の一〇二号室の男、消防訓練に出ていなかったわね。怪《あや》しいわ。いつも私のことを卑猥《ひわい》な目で見ているのよ。……お巡りさんきっとそうよ……」

津川夫人はサンダルを突っ掛けると、今にも隣の家に突撃する勢いだった。

「ちょっと待って下さい」

警官が慌《あわ》てて行く手を止め、

「一階のベランダですと誰でも手を伸ばせば届きますからね。外部の人間の可能性もありますし」

それでも津川夫人の興奮はやまなかった。

「いいや、間違いないわ。絶対そうよ」

正人が割って入る番だった。

「まあまあ、奥さん冷静に！」

警官が手帳を取り出しながら、言った。

「で、お隣の方はどんな方なんですか？」

正人が津川夫人より先に応えた。

「確か四、五年前に引っ越してきた男性の方です。真面目そうな人ですよ。独身なのかな？」

管理人が正人をフォローするように言った。

「加藤さんですね。そうです、お一人です」

「そうよ、絶対に怪しいわ。お巡りさん！」

津川夫人の迫力に押し切られるように、警官が言った。

「じゃあ、ちょっと訊いてみましょう」

警官が向かいの部屋の呼び鈴を鳴らすと、暫くして中年の男が出てきた。一〇二号室の加藤だった。

寝起きなのか、不機嫌《ふきげん》そうな顔を突き出した。

「何ですか？　朝からキーキーと煩《うるさ》いな！」

警官が丁寧な声で応えた。

「お休みのところすみませんが、ちょっとした事件があったものですから」

加藤も、さすがに警官の制服を見て冷静さを取り戻したのか、あらたまった声で訊いた。

「事件ですか、何でしょう？」

警官が続けた。

「実はですね、この二時間くらいの間に、お隣の一〇一のベランダに干してあった下着が無くなりましてね。誰か不審な人間を見かけませんでしたかね？　あるいは変な物音とか」

加藤が納得したように頷きながら応えた。

「ああ、それで騒いでいたんですか。成る程。……でも、全く人騒がせな話ですね。……見なかったなあー……それに、そんなもの好きな奴がいるんですか？　隣の奥さんの下着でしょう！　まあ、お隣に十七、八の若い娘さんでも住んで居ると勘違いした間抜けな奴じゃあないすか。ふふん」

最後のところは小馬鹿にしたように鼻先で笑った。

加藤の最後の一言が火に油を注ぐことになってしまった。

津川夫人が顔を引きつらせて叫んだ。

「ちょっと何よ！　あんた私を馬鹿にしているの。あんたの目つきの方がよっぽど厭《いや》らしいわよ。あんたでしょう、盗んだのは！」

「何だと！　冗談じゃないぜ。ふん、誰が婆《ばばあ》の小便臭いパンツなんか。尿漏《にょうも》れパンツじゃなうやく止めた。

「まあ、なんてことを。悔《くや》しい！……」

ヒステリックな叫び声を上げ加藤に掴《つか》みかかろうとするのを、警官と正人の二人がかりでよ
うやく止めた。

正人がなだめるように津川夫人の耳元で言った。

「奥さん、冷静に！　落ち着いてください」

警官が加藤に告げた。

「特に怪しい人物を見なかったというのであれば結構です。お引き取り下さい」

加藤が「ふん」と鼻を鳴らし、「全くなに考えてんだよな。頭おかしいんじゃないの……婆」

捨て台詞《ぜりふ》を残し、入り口のドアをバタンと閉めて中へ消えた。

警官が津川夫人に向かって優しい声をかけた。

「奥さん、盗難届をお出しになりますか？」

ふてくされたように津川夫人は応えた。

「ふん、もういいわよ。……」

最後の方はよく聞こえなかったが、ぶつぶつ何か悪態《あくたい》をつきながらドアの中へ消えた。

警官は警察手帳を胸ポケットにしまい込むと、正人と管理人に向かって言った。

「じゃあ私は帰りますけど宜しいですね」

正人が応えた。

「結構です。お手数をお掛けしました」

「ああそれから会長さん、ここにお住まいの皆さんに、よく盗難に注意するように知らせてください。最近はこの辺も物騒ですから……じゃあ失礼します」

警官は帽子の庇に手をやり、自転車に跨《また が》ると勢いよく漕《こ》ぎだしていった。

残された正人と管理人は顔を見合わせ、同時に溜め息をついた。

「へーえ。お疲れさま！」

腕時計を見ると十二時だった。


喫茶店『サンセット』の白い扉を押した。

「いらっしゃい。あら斉藤さんお一人？」

「うん……」

昼時なのに、隅のテーブルに二人連れの女性客が居るだけだった。正人はカウンターに座った。

「コーヒー、それとナポリタン」

「ホット、ブレンドよね？」

ママが、念の為にといった感じで訊ねるのに、正人は黙って頷き返した。正人は、この阿吽《あうん》の呼吸が堪《たま》らなく好きだった。まるで、慣れ親しんだ男と女の関係のようで、自分だけが特別なんだという優越感に浸ることができるのだ。

店内には、焙煎《ばいせん》されたコーヒーのふくよかな香りが漂っていた。クーラーの音が聞こえなかったが、店内は程よい涼しさだった。

「お待ちどおさま！」

「ありがとう」

一口啜《すす》ってコーヒー・カップを受け皿に置くと、カチャリと陶器の触れ合う音がした。誰にも邪魔されない至福のひと時だった。

ドアをそっと開け、覗き込むように顔を見せた男が驚きの声を上げた。

「あっ、斉藤さん！」

「やっ、イトケンさん！」

悪戯《いたずら》を見つけられた子供のような声を出したのは正人だった。

伊藤が正人の隣に座った。

「なに、昼飯ですか？」

「そう。作るの面倒になってね。そちらも？」人生に草臥《くたび》れた男の言い方だった。

「うん。あーママ、僕にもホット。それとオムライスね」

「お宅の奥さんは？」

「うちのはね、アスレチック・センター。ヨガに凝《こ》っているんだ。斉藤さんのところは？」

「うちは、合唱、コーラス・サークル」

コーヒーを運んで来たママが話に加わった。

「あら、素敵ね。羨《うらや》ましいわ」コーヒーを伊藤の前に置くと、トレーを抱えたままで立ち止まり、話を続けた。「吉田さんのところは確か社交ダンスよね。……皆さん、御亭主はやらないの？　奥様と一緒にやればいいのに」

「僕は、音楽のセンスもリズム感もからっきし無いのでね。無理だよ」

伊藤が正人に追随《ついずい》するように言った。

「僕はうちの奥さんと一緒にやるなんて有り得ませんね。……若い女性とだったら考えるけどね」

正人がたたみ掛けるように言った。

「だいたいだね、夫婦で一緒にやって上手くいくわけがないよ。僕はゴルフで夫婦連れと一緒にプレイすることがあるけど、必ずと言っていいほど最後は喧嘩だね。酷いのは、亭主を置きざりにして勝手に独りで車で帰っちゃった。おかげで、僕がその亭主を家まで送る羽目になったのさ」

「そうかもしれないね。他人さまだと遠慮するけど、夫婦はストレートだからな」

「僕らが仕事にかこつけてほったらかしにしている間に、彼女達には彼女達の世界が出来ていたのさ」

二人連れの女性客が出ていった。店内は静かだった。

「消防訓練の後で、一階で何か騒いでいたね。斉藤さんの声も聞こえたよ」

「ああ、イトケンさんと同じ東側階段の一階に津川さんているでしょう。あそこのおばさんさ」

「何だって？」

「お巡りさんを呼んでさー、いい迷惑だよ。まったく。……なんだと思う？」

「だから、焦《じ》らさないで教えてよ」

「下着泥棒だって！」

「下着！　誰の？」

伊藤の素っ頓狂《とんきょう》な声に、ママも興味ありげに聞き耳を立てていた。

正人が澄まし顔で続けた。

「誰のって、あそこの家に若い娘は居ないじゃないの。おばさんですよ」

「へっ、おばさんのパンティー！　そりゃあ、相当の変態だわ」

ママが眉根《まゆね》を寄せて言った。

「この辺りでもよくあるのよ。私も盗まれた事があるわ」

「そう。ママのだったら僕も欲しいな」

「伊藤さん、いい加減にしてよね。人聞きが悪い」

ママが軽く伊藤を睨む真似をした。

伊藤が続けた。

「それで、津川のおばさんどうしたの？」

「それがさあ、向かい側に住んでる加藤って男の人が怪しいって騒いだのさ。それで、加藤さんと揉《も》めたってわけ」

「ふーん、そういうおばさん居るね。自意識過剰《じいしきかじょう》の塊《かたまり》みたいな女。身体中にセンサーを貼り付けたような奴。直ぐにピーピー鳴るから、危なくて近寄れないよ」

「居るいる。僕も何回も目撃《もくげき》したことがあるよ。通勤の電車の中で、朝から騒いでいるのは大概そういう自意識過剰女だったな」

伊藤が相槌を打ちながら言った。

「僕ね、そういうの嫌だったから、電車の中では極力あらぬ疑いを掛けられないように両手を吊革《つりかわ》に掛けていたよ」

「僕もそうさ。あれって、結構辛《つら》いぜ。体操選手でもあるまいしさ」

伊藤がなおも続けた。

「雨の日はもっと大変さ。こうもり傘があるだろう。人間に手は三本ないからね。どうしたと思う？　僕はね、ベルトの前の方にぶら下げて両足で挟んで押さえたのさ。上手い方法だろう？」そこで一息つくと、底の方に残っていた冷たくなったコーヒーを、ずずっと啜り込んだ。

「ところがですよ、ある雨の日、同じ方法で吊革にぶら下がっていたんだ。そうしたら、知らないうちに前の人のお尻に傘の柄の部分が触っていたんだな。突然その人が振り向いて、僕の事を艶《つや》っぽい目で見つめるのさ。僕はぎょっとして次の駅で慌てて降りたよ。何でって、その人男だったもの！　はははー」

伊藤の笑いにつられて、正人もママも声を上げて笑った。

正人がコーヒーを一口飲んで、話題を変えた。

「パンティーと言えば、学生時代に思い出があるんだ。男性用のナイロン製のブリーフが出たころでさ」

「そうだね、昔は主流はアロハパンツなんて呼んでいたけど、猿股《さるまた》だな。……で？」伊藤が先を促《うなが》した。

正人は続けた。

「うん。同じ下宿の奴がさあ、青い色のブリーフを特売で買ってきたっていうんだ。三枚入って百五十円だとさ。えらく安いなと思ったんだ。その夜、近くの銭湯に行ったんだ。そうしたら奴、早速青いブリーフを穿《は》いていたんだわ……」

「うん、それで？」

「帰り道、そいつがなんか変なんだよ。『このパンツ、変なのよね。おしっこする前穴がないの。それにお尻の方がブカブカで、前がやけに窮屈《きゅうくつ》なの。何だかあそこがこすれて変な気分！』と言いながら、お姉《ねえ》のように、右手の甲を左の頬に当てて科《しな》を作るんだ」

「それって、女物のパンティーだったわけ？」

「いい加減にしなさいよ、斉藤さんまで。まったく、助平おじさんね」

ママが言い置いて厨房へ消えて行った。

正人がナポリタンに粉チーズを振りかけていた。隣では伊藤がスプーンを使って、オムライスを幾つかにカットしていた。ママがコーヒーのお代わりを注いでくれた。

伊藤がスプーンを口に運びながら言った。

「僕はね子供のころ、デパートに在るレストランで、オムライスを食べてメロンソーダを飲むのが最高の幸せだったたな……」

正人が継いだ。

「僕は田舎の生まれだったから、近くにデパートなんかなかったし……。せいぜい中華《しな》そばかな。給料もらうようになって、デートの待ち合わせ場所はいつも喫茶店さ。それで、注文するのは決まってコーヒーとナポリタン。……言っておくけど今の家内じゃないぜ」

ママが話に加わった。

「あら、それって斉藤さんの甘い青春の思い出」

「どうかな。ほろ苦い味さ。ブラック・コーヒーみたいにね」

「ふーん、味は苦くても魅惑的な香りがしたんでしょう。ロマンチックね」

正人がフォークを置いて、紙ナプキンで口の周りを拭いた。伊藤はコーヒーを啜っていた。

正人もコーヒー・カップに手を伸ばした。

「最近はこの手の喫茶店少なくなったな。……僕はアメリカ式のコーヒーチェーン店好きじゃないんだ。何だか落ち着かなくて」

伊藤が壁の『アイス・コーヒー始めました』の貼り紙を見ながら言った。

「ああ、僕も嫌いだね。それにアイス・コーヒーもね」

正人が相槌を打った。

「僕も飲まないな。アイス・コーヒーは」

「誰が考え出したのかなあ、アイス・コーヒーって。これって日本だけじゃないかな、僕の知る限り。どう？」

正人も海外出張は多い方だったが、元商社マンの伊藤には敵わないと思った。

「僕も知らないな……。だいたいね、ビールだって冷えたのを出すのは日本だけだろう？ それと例外はアメリカかな。……そういえばアメリカにはアイス・ティーという摩訶不思議《まかふしぎ》な飲み物があるね」

「ああ、あれは不味《まず》いね。……ついでに言うとイギリスに旨いものは無いよね。パブなんかで飲むビールは生温いし、泡が浮いてるのを見ると馬の小便を連想しちゃうよ。これにフィッシュアンドチップスだろう。これがご馳走だって言うんだから、堪らないよね」

伊藤が顔を顰《しか》めたことが、大げさでないことの証明みたいだった。

正人が話を続けた。

「東南アジアの華僑《かきょう》もそうだね。彼らも熱いお茶を飲むね」

「中国人は皆そうですよ。大陸の人もね。彼らは冷たい飲み物は体に良くないと信じているからね。……日本だって、ビールをキンキンに冷やして飲むようになったのは戦後じゃないのかな。だってさ、普通の家庭に冷蔵庫なんか有るわけないよ。せいぜい井戸水で冷やすのさ。これも皆進駐軍の影響だよ。マッカーサーのね。それ以来、すっかりアメリカかぶれになったのさ、日本中の何もかもがね。不思議なのはそれを誰もおかしいと疑問に思わないことだね」

伊藤は普段寡黙《かもく》だったが、話しだすと、時々脈絡もなく脱線するが博識で聞いていて飽きなかった。

伊藤が駐在時代の昔を思い出したのかぽつりと言った。

「僕はオランダのコーヒー・ショップが一番好きだな。落ち着いてさ」

「そうか、イトケンさんは南米も、ヨーロッパにも居たことがあるんだ。他には、シンガポールにも居たんだっけ？　東南アジアはいいじゃない。飯は美味いしさあ……」

(姉ちゃんも綺麗だし）と言おうとしてママの顔を横目で盗み見、喉に出かかったのをごくりと呑み込んだ。

伊藤が、そんな正人の思いとは関係なく、しんみりした声で言った。

「うん。……でも日本が一番良いね！」

ママが訊いた。

「あら、どうして？」

「どうしてって、ママみたいに魅力的で親切な女性は居ないからね」

ママが笑いながら言葉を返した。

「伊藤さんはこういう話になると、俄然《がぜん》唇が滑《なめ》らかになるのね」

伊藤の苦笑いに釣られるように正人も笑った。

ママが何かレコードをセットしていた。スパニッシュ・ギターをバックに、甘く囁くような歌声が流れてきた。七十年代のポップス、確か盲目の歌手、ホセ・フェリシアーノの『雨のささやき』だった。

正人は、遠い昔の学生時代、おんぼろ下宿で聴いたラジオの深夜放送を思い出していた。銭《かね》がなくていつも腹ペコだった。敷きっぱなしの万年床に寝転んで、天井を見つめながらラジオを聴いていた。それでも、何か将来に良いことがあるような気がしたものである。

ママが伊藤に話しかけていた。

「一度訊こうと思っていたんだけど、伊藤さんはどうして皆さんからイトケンさんて呼ばれるの？」

「ああ、昔、ハイツに引っ越してきたばかりのころ、同じ棟の同じ階段にもう一人伊藤春夫という人がいたからさ。その人はイトハ！」

「成る程。で、その伊藤春夫さんは？」

「五、六年で引っ越していったよ」

正人が話を継いだ。

「彼はね、ハイツを売って近くの一戸建てを買ったんだ。ちょうどバブルのピークの時でね。確か、四千万円くらいで売ったはずだよ。よせばいいのに、その金でローンを返して、新たに六千数百万の一戸建て新築を買ったのさ。勿論、四千万からのローンを組んでね。結局どうなったと思う？　……うちの家内と彼の奥さんと仲が良かったんだ。……夜逃げをしたよ」

「ふーん、そうだったんだ。……一時《いっとき》良い夢を見たってわけね」

「まあ、それも人生だからな」

正人は、底の方に残っていたコーヒーを啜った。

いつの間にか、別な曲に代わっていた。

正人が伊藤に言った。

「イトケンさんは商社マンだ。退職金もいっぱい貰ったろうし、新しい所に引っ越すつもりはないのかい？」

「そう言う斉藤さんこそ、上場会社の役員だもの、お金あるでしょうに」

「僕は元々無精だからさ、庭の手入れとか掃除とか嫌いでね。その点マンションはいいよ。鍵一つでいつでも家を空けられるしね。……それに今更知らないところに行くのもね」

「それは僕も同じだな。……」

「子供たちにとっては、これでも故郷なんだ」

「そうかもしれないな。……でもいつまでいられるのかな？」

「……ヨイヨイになったら有料介護施設だな。お金は使えないよ……」

正人は伊藤の方を向いて小さく笑った。


集会所で、サンライズ・ハイツの自治会が行われていた。

「えーと、先週の防火訓練はご苦労様でした……」

議長は自治会長の正人だった。

「警察署の方からのお知らせがあります。最近痴漢《ちかん》や空き巣狙いが多いそうです。当ハイツにお住まいの皆様にも注意を呼び掛けてください」

自治会の役員は、各棟から二人ずつが選ばれていた。男女、年齢構成、居住歴、全てがばらばらだった。このハイツが出来て間もなくの頃の役員は、皆若かった。三十代か四十代のはじめだった。住宅ローンを組めるだけの収入があり、職場もそれなりに知名度のある会社か、公務員であった。そして、子育てに忙しいのも共通していた。

あれから三十数年が過ぎ、すべてが変わってしまっていた。出席者の誰の顔にも覇気《はき》が無かった。価値観を共有することは難しかった。誰も自治会の活動を積極的にやりたがらないのだ。

「今年の自治会のイベントなんですが、どうしますかね？」

正人の問いかけに反応する者はいなかった。沈黙が続いた。

正人が仕方なく自分から発言をした。

「昨年も、予算だけ取って結局何もやらなかったんですよ。ですから、繰越金もありますから、結構なことができると思いますがね」

正人が隣に座っている初老の男に声をかけた。

「大沢さん、如何ですか？」

古くからの居住者の一人だった。

「そうだな、昔は夏祭りをやったな。もっとも当時は子供たちも沢山いてな。どのくらいいたのかね？　沼田さんの奥さん、覚えているかい？」

沼田と呼ばれた年配の女性が応えた。

「そうね、随分いたわね。多分、赤ちゃんも含めれば百人くらいはいたでしょうね」

大沢が当時を思い出したのか懐《なつ》かしそうに言った。

「結構にぎやかだったよ……」

「どなたか、ご意見ありませんか？」

正人が右隣に座っている人たちの方を見やった。

「夏祭りって、何をやったんですか？」

「当時は、金魚すくいに、綿あめ、焼きそばにフランクフルトとか屋台を出してさ……」

「そうそう、それに、ビンゴ・ゲーム。カラオケ大会もやりましたね。……脇の公園に祭り提灯なんか吊るしてね。子供たちも喜んでいたわよ」

「夏祭りか。悪くないかもな」

若い男性だった。

「ところで、このハイツに、子供は何人くらいいるんですかね。誰か知っている人います？」

応えたのは、若い女性だった。

「さあ、正確な数字は調べないと分からないけど、乳幼児まで入れても三十人ぐらいでしょうね」

正人が場を盛り上げようと話に加わった。

「そうですか。思ったよりはいるんですね」

三十人を四棟で割れば、一棟当たり八人である。昔は列を作って登校してゆくのを見送ったものだった。

「夏休みに、子供たちに何か思い出を作ってあげるのは良いことだと思います。皆さんだって、小さいころ、近所で夏祭りとか盆踊《ぼんおど》りとかあったでしょう。将来、子供たちにはここが故郷になるんですから」

発言した若い女性には子供がいるのであろうか。

若い男性が肯定的な言い方をした。

「そうだな。僕も思い出があるな」

正人の向かい側に座っていた中年の男性が、気の乗らない声で言った。

「夏祭りって、準備が大変だろう。それ自分たちでやるのかい？」

正人が応えた。

「まあ、そうですね。勿論、ほかの人にも手伝ってもらってね。その為には、実行委員を作った方がいいですね」

次に発言した中年の男性の意見はネガティブだった。

「しかし、今時、夏祭りなんて興味あるのかね。結構自分のことで忙しいからな」

全く発言をしない参加者もいた。今日は、それでもいつもの会議よりは活気があった。

正人はこの辺が潮時と判断した。

「えー、時間もありませんので、今日はこのくらいにしておきます。次回また続きをお願いします。あのー大沢さん、沼田さん。過去に経験した人に具体的な方法を聞いていただけませんか。お願いします。……それでは閉会とします」

正人は、いつもの事だが、自治会が終わる度に気が滅入《めい》るのだった。集会所を出て、部屋に帰る前にハイツに隣接した公園へ寄ってみることにした。

千平方メートルくらいの小さな公園だった。周りに植えられた桜も大きく育ち、緑の葉っぱに覆《おお》われ、立派な並木を作っていた。木立の隙間から子供たちの姿が見え隠れしていた。五、六人の子供たちがテニスボールを使って野球をしていた。打ったボールが正人の足元まで転がってきた。拾ってピッチャーに投げ返すと、「ありがとう！」と声が返ってきた。

昔から見る風景なのに、今は何故だか子供たちの遊ぶ姿が新鮮に映っていた。人間は環境が変われば興味の対象も変わってゆくものである。この光景も、自分の子供たちが大きくなってからは、視野に入らなくなっていただけの事だった。

正人は、会社を辞めて三年になる。会社のことには何の未練もなかったし、昔の同僚に会いたいとも思わなかった。寧ろ、努めてOB会等の会社関係の集まりには顔を出さないようにしていた。会社は、所詮《しょせん》生きていく上での糧《かて》であり、住宅ローンの返済と子供たちを育てる為の手段にほかならなかった。

正人はしばらくの間、公園の隅に佇《たたず》んでいた。

土曜日の夜、久しぶりに食卓が賑《にぎ》やかだった。正人の隣に息子の晃が、向かい側には妻の夕子と娘の茜が座っていた。四人が揃って食事をするなど、いつ以来の事だろうか。

食卓の中央に、酢飯の入った桶が置かれ、周りに刺身の皿が並べられていた。子供たちが小さいころよく食べた手巻き寿司である。子供たちが家を出てからは久しく食べたことがなかった。

ビール瓶が空になっていた。晃が紙袋から取り出したのはウイスキーだった。

「お父さん、ロイヤルサルート。飲むかい？」

「ほう、景気がいいんだな」

「うん。貰い物。この間、台湾に出張したとき、代理店の社長がくれたんだ」

晃が、氷の入ったグラスに琥珀色《こはくいろ》の液体を注ぐと、パリパリと氷の弾《はじ》ける音がして芳醇《ほうじゅん》な香りが広がった。

「じゃあ、戴くぞ。……旨いな、久しぶりだ」

「茜、お前も飲むか？」

「ううん。私は缶ビールでいい」言いながら器用な手つきで、海苔《のり》にマグロの赤い切り身と納豆を載せ手巻き寿司を作っていた。

妻の夕子が言った。

「晃、お前ちゃんとご飯食べているの？」

「ああ、大丈夫だよ。炊事も洗濯も上手いもんさ」

晃は都内にアパートを借りて暮らしていた。

「お兄、結婚しないの？　幾つよ、三十五でしょう」

妻の夕子が、ちょっと詰問調で言った。

「そうよ、晃。誰かいないの？」

「まあ、そのうちな……」

気のない返事だった。

「そういうお前は、子供はまだかよ。女はすぐに年を取るぞ」

「私も、まあそのうちにね」

茜は結婚して三年になるが子供は居なかった。

正人は黙ってそんな会話を聞き流していた。四人一緒に座っているだけで嬉しかった。何だか昔のことを思い出すのだ。このハイツに引っ越してきたのは、晃が三歳、茜はまだ生まれていなかった。それが、幼稚園、小学校、中学校、高校と大きくになるにつれ色々なことがあった。子供たちにはそれなりに、辛いことや親に言えない悩みがあったのかもしれない。

「晃、仕事はどうだ、相変わらず海外出張が多いのか？」

「うん、二カ月に一遍くらいかな。この間、南アに行ったよ。昔、お父さんも行ったって言ってたよね」

「ああ、役員の時にな。お父さんはビジネス・クラスだったから良かったけど、きついだろう？」

「うん、死にそう。帰りはアップ・グレードしてビジネスだったから良かったけどね。あまり行きたくはないな」

「ヨハネスか、泊《とまり》は？」

「うん。それとケープタウン」

「へー、お兄もお父さんみたいで、色んな国に行けるんだ。いーなー！」

「良くはないよ。ビジネスは辛いの。それに、飛行機に乗ってばかりいると早死にするって言われるぜ。……お父さん気を付けてよ」

「そうだな。会社の同僚で、退職したとたんに死んだ人も何人かいるな」

茜が真面目な顔で訊いた。

「そうよ、お父さん気を付けてね。ちゃんと健康診断受けてる？」

「うん……大丈夫だ」

茜が続けた。

「お父さん、もう若くないんだから……。その内、このハイツの階段だってきつくなるかもよ」

「そうだよ。ここ売って一戸建てに引っ越したら。お金ないわけじゃあないんだし」

晃が言った後で母親の夕子の顔を見た。

「……」

夕子は黙って正人の方に顔を向けた。

「お金か、そりゃあ有るさ。……だけどなあ、父さんだっていつポックリ逝《ゆ》くか分からないからな。そうしたら母さんどうする。おばあちゃんのように長生きしたら、後三十年以上あるんだぞ。お前たち面倒見るか？」

夕子がすました顔で言った。

「あら、あなたが先に逝くとは限らないでしょう。私が先かもよ」

正人が応えた。

「いずれにしてもだよ、病気になるかもしれないし、認知症にでもなったらどうする？　施設に入るのだって、国の事は当てにできないだろう。お前たちの世話にはなりたくないからな。……兎も角将来のことを考えると、手元にお金を残しておきたくなるのさ」

「お父さん、私が面倒見るわよ。だから安心して」

「茜、言葉だけで嬉しいよ。でもな、お前だってこれから子供を産んで育ててゆくんだよ。それに、旦那さんの両親だっているしな。……まあ、家の事は心配しなくてもいいよ」

妻の夕子が継いだ。

「そうよ、あなた達は自分の事を心配なさい。……でも認知症だけはなりたくないわね」

「まあ先の事は考えてもしょうがないよ」

正人がグラスをあおって底にたまったウイスキーを飲み干すとテーブルに置いた。

「悪いな、もう一杯くれないか」

「ああ、どうぞ何杯でも」

晃がウイスキーを注いでくれた。透明な氷の詰まったグラスに琥珀色の液体が滲み込んでゆくと、パリパリ、シャリシャリという金属音がするのだ。

「お前たちにとって故郷って何処だ？」

唐突《とうとつ》な言い方だった。

「故郷！　さー何処かな？　正直、あんまり考えたことないな」

「茜は？」

「私は……やっぱりここかな、この街かもね」

晃が茜に向かって言った。

「そうだよ。お前はここで生まれたんだからな」

「お兄だって、生まれたのは別かもしれないけど、それからずーっとここで育ったじゃないの」

晃が、応えた。

「正直言ってあまり故郷という感じがしないな。故郷って、海や山や川があるイメージだろう。

この街には何もないからな。……俺は寧《むし》ろ、子供の頃皆でよく行ったキャンプの方が思い出に残っているな」

「そうね、みんなでよく行ったわね。あのころお金が無かったから安上がりで手軽だったのよ。そうでしょう、あなた」

「人聞きの悪いことを言うなよ。まあ、金がなかったのも事実だけどな。子供たちに自然との触れ合いをさせてあげたかったんだよ」

「でも、あなたが一番楽しんでいたんじゃない」

「まあ、そうかもな。ははは！」

皆が笑った。十年前、二十年前と同じ一家の団欒《だんらん》だった。

「こうやって、あなた達が帰ってきて、みんなで食事ができるのは嬉しいわ。幸せだと思わなくちゃあね」

「そうかもしれないな。……俺だって、このハイツで育ったのさ。夏祭りや、餅つき大会の事を覚えているよ」

茜が昔を懐かしむように言った。

「そうそう、お父さんお餅を搗《つ》くの上手なのよね。他の大人たちは皆へたくそなの。お父さんって、なんでも格好良かった」

晃が継いだ。

「俺にとっての思い出は、野球だな！」

「ああ、サンライズ・ファイターズか？」

「そう。懐かしいよ。……吉田に伊藤、それに大田監督の息子の健児《けんじ》、皆どうしているかな？」

正人は、子供たちにはやっぱりここが故郷なんだと思ったが、口には出さなかった。

四

雨の午後だった。花壇に植えられた紫陽花《あじさい》の紫が美しかった。気象庁からは梅雨入り宣言が出されていた。

居間の電話が鳴っていた。正人はドキリとして受話器を取った。家の電話が鳴ると碌《ろく》なことがないのだ。

何事かと危《あや》ぶみながら受話器を耳に当てた。

「はい、斉藤ですが……」

「管理人の大島です。ちょっとまた揉《も》め事なんですが、ご足労頂けませんでしょうか？」

申し訳なさそうな声であった。

「何ですか？　とにかく行きますよ。場所は何処ですか？」

「三号棟の一〇一です」

「えっ、三号棟の一〇一って津川さん！　また何かやりましたか？」

「はあ、とにかくお願いします」

三号棟の階段口には警官が立っていた。

「ああ、自治会長さんですよね」

前に会ったことがある、確か旭町派出所の前田という名前のはずだった。

「自治会長の斉藤です。先日もお世話になりましたよね。確か前田さんでしたね」

「はい、旭町派出所の前田です。前回は、下着の盗難の件でお伺いしました」

「今度は何か？」

正人は、言った後で管理人の顔を見た。

管理人が口を動かす前に、警官が口を開いた。

「現金の盗難事件です」

正人が驚きの声を上げた。

「ええっ、現金ですか。そりゃあ大変だ！」

警官は、職業柄か冷静だった。

「こういう事件は、思い違いもありますので、本署の刑事一課が来る前に事情をお聞きしようと思いましてね」

正人が不安そうな顔を警官に向けた。

「それで、私は何をしたらいいのですか？」

「あのー、ここのマンションにはマスターキーはございますか？」

「ああ、勿論です。でも、管理人室に保管されています」

今度は警官が管理人に向かって訊いた。

「じゃあ、管理人さんはいつでも取り出せるのですか？」

「マスターキーの使用規定は厳格ですからね。理事長の許可がないと取り出せないことになっています。で、何か不審な点でも？」

警官が歯切れの悪い言い方をした。

「いや、そういう訳ではないのですが……」

管理人が少し気色ばんだ言い方をした。

「何ですか、私が盗んだとでも言うのですか？」

「そうは言っていません。ただ、ここのご婦人が管理人さんを見たというものですから、一応確認したまでです……」

言ってから警官がちょっと気の毒そうな顔をした。

管理人がむっとした顔で応えた。

「当たり前ですよ。私は、各棟を見回るのが仕事ですからね。まったく失礼ですよ。津川さんの奥さんに会わせてください」

正人が管理人を宥《なだ》める羽目《はめ》になった。

「まあまあ、管理人さん落ち着いて。兎も角、奥さんに話を聞かせてもらいましょう」

正人が、入り口のドアを開けると、津川夫人が立っていた。外での話を聞いていたのだろうか。

「津川さん、自治会長の斉藤です。どうされたのですか？」

津川夫人は、正人の顔に唾《つばき》が飛び掛かるほどの勢いで捲《まく》し立てた。

「どうもこうもないわよ。私が出かける前に置いてあった、現金が袋ごとなくなっていたのよ。今朝、銀行から下ろしてきたばかりなのに」

正人は、唾が飛び散るのに閉口して、半歩身を引きながら訊いた。

「置いたって、どこにですか？」

「ここよ、電話の横。銀行の袋に入れたままの五万円、確かに置いたのよ。それで、出かけるときに管理人さんと階段のところですれ違ったのよ」

「奥さん、だから何だっていうのですか？」

管理人が目を剝《む》いて詰め寄るのを、正人が手で止めに入った。

津川夫人のヒステリックな声が続いた。

「だから、盗まれたって言ってるのよ。お巡りさん！」

警官が諭すような言い方をした。

「まあ、落ち着いてください。……もう一度お訊ねしますよ。出かける前って、何時ですか？」

「午前中よ。ダンスに行く前にね……」

「それじゃあ、随分急いでいたんですね。その時に、どこかに隠しておいたとか」

「隠した、……何処に？」

津川夫人の視線は、心の動揺の所為なのか、あちらこちらと揺れ動いていた。

「例えば、下駄箱の中だとか、本の間とか。電話帳は？」

警官が電話の横に積まれていた電話帳を手に取ると、真ん中あたりが少し膨《ふく》らんでいた。

「うん、何だこれは？」そのページを開くと出てきたのは、銀行の封筒に入ったお金だった。

「あっ！」

同時に複数の声がした。津川夫人だけが、無表情でその場の情景を眺めていた。

警官が、封筒を夫人に手渡して言った。

「これですね。中を確認してください」

「は、はい」津川夫人は不思議なものでも見るように封筒を見つめ、ぎこちない手つきでお札を引っ張り出した。一枚一枚数えた後で、「ここに、五万円あるわ」まるで他人事みたいな言い方だった。

警官は、鋭い目つきでそんな夫人の一部始終をじっと観ていた。

「奥さん、そのお金封筒に入れたまま、電話帳に挟《はさ》んでおいた記憶がありませんか？」

津川夫人が警官に向かって応えた。

「私が？　何でそんなところに隠すのよ。いや、絶対にここよ。電話の横に置いたんだから」

「奥さん、落ち着いてよーく考えてくださいよ。今、手にしているのは何ですか？　あなたが盗まれたという五万円でしょう」

津川夫人は、警官に言われて初めて気が付いたように、手に持ったままのお金を不思議そうに眺めていた。そしてぽつりと言った。

「そうね、五万円だわ。確かに私のお金よ。どうして出てきたのかしら」津川夫人は事の次第をまだ理解できないのか、焦点《しょうてん》の合わない目つきで言った。「へんね、お金は盗まれていなかったんだ。じゃあ、誰が隠したのかしらね」

警官が津川夫人に、まるで優しく子供に接する時のような言い方をした。

「奥さん、気を落とさないでください。まあ、勘違いは誰にでもあることですから。兎も角、盗難は無かったということで宜しいですね。……それでは本件は解決ということです」

「はあ、どうも」

津川夫人は、頭を下げながら、手には確り現金の入った封筒を握り締めていた。

警官が手にしていた手帳をパタンと閉じた。

「そういうことですから、自治会長さんご苦労様でした」

警官が先に立って歩き始めると、正人も管理人も後に従った。

管理人の憤懣《ふんまんや》遣るかたないといったつぶやきが聞こえてきた。

「全く、あのひと少し頭おかしいんじゃないの。冗談じゃないよ！」

警官が立ち止まり、声を潜めて二人に言った。

「管理人さん、お怒りはごもっともです。実は自治会長さんをお呼びしたのには訳がありまして。最近こういう事件よくあるんですよ。あの津川夫人、アルツハイマーや認知症の初期の状態によく見られるんですよ。私は最初からそうじゃないかと睨《にら》んでいたんです。まあ、結果としてその通りでしたね」

正人が途方に暮れたような声を出した。

「認知症ですか！」

警官がさらに声を低くして応えた。

「勿論、専門医で調べてもらわないとはっきりとは言えませんがね。それでですね、自治会長さん、津川さんの親族の方に事情をお知らせして欲しいんですよ。このまま放っておくと、また別なトラブルを引き起こす可能性がありますからね」

正人も声を潜めて言った。

「そうですね、前回の下着事件もありますしね。津川さんのご主人に私から話してみます」

「そうしてください。……じゃあ、失礼します」

警官は敬礼をすると、自転車に跨り走り去っていった。後には正人と管理人だけが残っていた。

「やれやれだ」正人は、溜め息を一つ大きくつくと、まだ不満げな顔をしている管理人に言った。「管理人さん気を悪くしないでください。病気なんだから！」

管理人は、正人の言葉が耳に届いていないのか、まだぶつぶつ口の中で呟いていた。


平日の午後六時、開店したばかりの『日の出屋』、カウンターに座っていたのは四人の男達だった。

正人が、取り敢えずのビールを飲みながら、「関東も梅雨入りだね……」気勢の上がらぬ声を出した。

「そうか、もう梅雨の季節か。早いよなあ！」

吉田の声も湿っていた。その隣には、伊藤と大田、いつもの変わらぬメンバーだった。

伊藤がお通しに箸をつけながら訊いた。

「大将、今日のおすすめは？」

大将の威勢のいい声が返ってきた。

「鰹《かつお》の活きのいいのがあるよ。ぴんぴんしているよ！」

「よし、それお願い」

「俺も、乗った」

「ああ、僕も」

最後は大田だった。

「鰹ねー、じゃあー俺も貰うか」

女将が大田の顔を覗き込みながら言った。

「大田さん、何だか元気ないんじゃない？」

大田の湿っぽい声が聞こえてきた。

「いや、そういう訳でもないんだがな。俺、徳島の生まれなんでさあ、鰹っていうとやっぱり土佐づくりなんだわ」

吉田が、一番左端に座っている大田の方へ身を乗り出して言った。

「そうか、大ちゃんは四国だったな。最近、田舎に帰っているかい？」

大田が前を向いたままで応えた。

「うん、この間な。……うちのかみさんも徳島の生まれなんだ。あいつ、いつも帰りたい帰りたいって言ってたからな。墓立てて骨埋めてきたんだ」

正人も前を向いたままで言った。

「そうか、そりゃあ喜んでいるよ。……墓ね！」

「はい、お待ちどお様！」

女将が、皿に盛られた鰹の刺身をカウンターに並べた。

一番先に箸をつけた正人が、大きな声を出した。

「おー旨いね。これじゃあ、お次は冷酒といかなくちゃ。女将さん、僕冷酒ね」

吉田のどら声が響いた。

「そーだな。景気よく行くか。俺は、焼酎ロック！」

伊藤が続いた。

「じゃあ、僕は焼酎のお湯割り」

「イトケンさんは、夏でも相変わらずお湯割りですか？」

「うん、そう」

女将が大田に向かって、

「大田さんは？」

「ああ、そうだな。うーん、ビールでいいや」

張りの無い声だった。

壁には、黒板に白墨《はくぼく》で今日のおすすめ品が書いてあった。正人の目に留まったのは、アスパラガスだった。

「女将さん、アスパラくれる。これって、何処産、北海道かい？」

「残念ながら、栃木か長野産よ。……何で？　ああそうか、斉藤さんは北海道だったわね」

「いいよ、美味《おい》しければ何処産でも」

奥から、大将が声をかけてよこした。

「どうします。茹《ゆ》でてマヨネーズかい？」

「うん、いいね」

それぞれ、好みの肴《さかな》を食べ好きな酒を飲んでいた。外は雨なのか、中は蒸し暑かった。

正人がぽつりと言った。

「僕は、何年たっても梅雨はいやだな」

女将が相槌をうってくれた。

「北海道には梅雨がないものね。私も嫌だわ」

「そうか、女将さんは津軽の出身だったな。津軽の春は良いよなあ。桜が咲いて、リンゴの花が咲いてさ。リンゴ農家じゃあ、人間の手でめしべに授粉をするんだよね」

「あら斉藤さんよく知っているわね？」

「ああ、ちょっとね」

正人は学生時代を弘前で過ごしたのだが、そのことは黙っていた。

女将が言った。

「春が良いと思うのは、それだけ冬が厳しいということよ。津軽の人間はね、春を雪が解けるのを待ち焦《こ》がれているのよ……」女将が遠くを見つめるような目をして続けた。「昔からそうだけど、男たちは皆、冬が来る前に出稼《でかせ》ぎに行くのさ。そして春に帰ってくるの。分かる?」

吉田が頷きながら言った。

「俺、九州の生まれだけど、分かるような気がするよ」

女将が含み笑いをしながら言った。

「だからね、津軽では冬生まれが多いのよ」

「成る程。頷けるな」

伊藤が不思議そうな顔で訊いた。

「えっ、どういうこと?」

正人が笑いながら応えてやった。

「つまりだ、父ちゃんが春に帰ってきて、なにをするということですよ。女将さんそうだろう?」

女将も笑っていた。

「あっ、そういうこと。ふーん、成る程分かったぞ。じゃあ、夏生まれの人は、怪しいってことだ。冬の間に、夜這《よば》いにでも来られたのかな？　へっへへへー」

なんだか伊藤の声がやたらに嬉しそうだった。

まぜっかえすように女将が言った。

「そうかもよ。伊藤さん、今からでも遅くないわよ、夜這い！」

「しかしさあ、動物には発情期ってものがあるぜ。人間はどうかかな？」

「あるのかね……」

正人が吉田の問いに曖昧《あいまい》な返事をしたのに、横から伊藤が応えた。

「あるんでしょうね。だって昔から、『春をひさぐ』とか『春画』、『回春剤《かいしゅんざい》』とかっていうじゃない。これ皆セックスのことだからね」

「流石《さすが》イトケンさん。博識《はくしき》！　性学博士！」

「じゃあ、イトケンさんにとっては一年中が春なのかい？」

正人の問い掛けに、伊藤がとぼけながら応えた。

「えっ、どういう意味？」

「春って、外国でもそういう意味に使うのかな？」

「勿論ですよ」

「僕は中学の時の英語の先生、女の先生だったなあ。あん時手を挙げて、『スプリング・ハズカム。……先生鼻血が出ました』なんて言えばよかったなあ……惜《お》しいことをしたよ」

正人が真面目な顔で言ったのが可笑しかったのか、皆が笑った。

「何を言うかと思えば、まったく！」言いながら、女将がカウンターを離れテーブル席のお客の方へ向かった。

吉田が奥の大将に向かって、小さな声で言った。

「大将、マムシ酒の回春剤効き目無かったぞ！」

「いや実はね、もっといいのがあるの。……なんだと思う？」

女将に聞こえないようにカウンターに近づくと、声を潜めて続けた。

「ハブ酒！　これは効くよ」

「分かった、分かった！」

吉田が、いらないという意味なのか、大将の鼻の先で手を振って応えていた。ガラガラと引き戸の開く音がして、数人の男たちが入って来た。

「いらっしゃい！」

すかさず、大将の大きな声が店内に響いた。

正人が真面目な顔を皆に向けて、

「ちょっと聞いてくれる？」

吉田が応えてくれた。

「うん、何？」

「実はね、自治会で夏祭りをやってはどうかって話が出てね。……どう思う？」

「夏祭りか！　久しくお目にかかからないな」

「ハイツの夏祭りの最後はいつかな？　……二十年くらい前になるか」

ちょっとの間を置いて、それまで寡黙《かもく》だった大田が、話に加わった。

「夏祭り、懐かしいな！　……良いじゃないか」

どこか遠くを見つめ、誰かに語り掛けるような言い方だった。

「そうだなー……夏祭り。ガキの頃を思い出させるね」

吉田は焼酎のグラスを覗くふりをした。沈黙の数瞬が続いた。

伊藤が結論をせかせるように言った。

「それで、どうするの？　やるの？」

「よーし、やろう。やってやろうじゃないか。……この吉田、小倉生まれで玄海育ちとくらー
無法松《むほうまつ》よ。お祭り男の血が騒ぐ」

お終いの方はやけに威勢のいい声だった。他の客たちが振り返るほどだった。

「うん、いいな。俺も手伝うよ」

大田もつられたのか、元気な声だった。

「伊藤さんも賛成かい？」

「ああ、いいよ」

「じゃあ皆、実行委員をお願いするけどいいかな？」

「勿論よ！」

「うん」

何だか急に元気が出てきたみたいだった。久しぶりに、祭りの話でにぎわっていた。しかし、正人だけは沈んだ顔をしていた。忘れていたことが蘇《よみがえ》ってきたのだ。それに気が付いたのは隣に座っていた吉田だった。

「斉藤さん、どうしたい。踊る阿呆《あほう》に観る阿呆だぜ、何だか元気ないね」

正人が、苦笑いを浮かべて応えた。

「いや、ちょっと思い出しちゃってさ……嫌な事を……」

「何、まだ他にもあるのかよ？」

正人は話すべきかちょっと躊躇《ためら》ったあと、意を決して口を開いた。

「ああ、実はさあ、今日事件があったんだ。……ここだけにしてくれよ。あの三号棟の津川夫人なんだ」

「えっ、パンティー事件のおばさんか？」

「そうなんだ。実はね……」

正人が低い声で、今日の現金盗難事件の顚末《てんまつ》を掻《か》い摘《つま》んで話して聞かせた。

「ふーん、認知症か！　よくあるからなあ……で、自治会長さんが旦那に話をするってわけか。

嫌な役目だな」

　吉田が本当に気の毒そうに眉をしかめた。

　伊藤が真面目な顔で話を継いだ。

「だけど、こういうのって誰か気が付いた人が注意しないとね。意外と身内の人って気が付かないものなんだって」

　吉田が続けた。

「いや、本当は異変に気が付いているはずなんだ。でも、そうは思いたくないのさ。単なる、歳のせいだと思いたいのさ。……分かるけどな、俺にも」

「そうなんだ。自分のかみさんはいつまでも元気でいて欲しいと思っているのさ。だから、ついそう思い込んじゃうのさ。気が付いた時には手遅れだった……」

　大田の言い方には実感が籠《こも》っていた。誰かが溜め息をついた。

「前にも居たな、一号棟で。おばさんだったけど、施設に入れたって聞いたけど、どうしたのかな」

「ああ、確か引っ越して行ったよ。旦那も大変だったろうなあ……。生きていれば今でもそうか」

「全くだな。他人事じゃないからな」

　正人が腕時計を見ると、八時を過ぎていた。帰る時間だった。

「悪いねえ、気の滅入《めい》る話をしちゃって。兎も角、夏祭りの件頼むね」

「ああ、任《まか》してくれ」

皆はまだ居座《いすわ》るつもりらしかった。

「じゃあ、お先に！」

正人は勘定を済ますと外に出た。雨は上がっていたが、足元から湿り気が這い上がってきた。目の前に拡《ひろ》がるハイツの家々の灯りも霞《かす》んでいるようだった。


正人は、会議室のテーブルに一人で座っていた。開け放たれたドアの向こうから、管理人の電話する声が聞こえていた。

「……そうですか。じゃあ今おいでいただけるのですね。……お待ちしております」

管理人が、スリッパを鳴らしながら入って来た。

「理事長さん、ＯＫです。今来るそうです」

「ここにですか？」

「ええ、……私はどうしますか？　ご一緒しない方がいいでしょうね」

「そうですね、私一人の方がいいでしょう」

管理人が出てゆくと、また一人になった。部屋の中は蒸し暑かった。暫く経って立ち上がりかけた時に、玄関の方で誰か男の声がした。入って来たのは津川だった。正人は、顔と名前は知っていたが、これまで話をしたことがなかった。正人の方から先に立ち上がり頭を下げた。

「自治会長の斉藤です。ご足労《そくろう》頂きましてすみません」

「ああどうも。用件は何ですかな？」

テーブルをはさんで向かい合わせに座る形になったが、年恰好は正人と同じくらいだろうか。眉根にしわが寄って気難《きむずか》しい顔つきに思えた。

正人が話し始めた。

「実はですね、津川さんにお耳に入れておきたいことがございましてね……」

どう話を切り出そうか、前もって考えてきたつもりだったが、つい言いよどんでしまった。

「で、その話というのは？」

「あのー、先週の木曜日の事なんですが、奥様に何かお聞きになっていませんでしょうか？」

「木曜日！　何時ごろですかな。私は平日は大概仕事なんでね、昼間は留守にしていましたから」

「そうですか、お聞きになっていない。……実は、ちょっとした事件がありましてね……」

津川がもどかしげに訊いた。

「家内に関係したことなんですか？　どんな事件ですか？」

ここまで来たら全てを洗いざらい話すしかなかった。それでも正人の心のどこかに躊躇いがあった。

「……木曜日の午後の事でした。お宅の奥様が泥棒に入られたということで、警察に電話をされましてね。旭町派出所のお巡りさんが駆け付けてくれまして、私と、管理人さんも立ち会わされたんですが、結果的には被害は無かったということで……」

「被害が無かった！　被害が無かったのに、家内が警察を呼んだんですか？　よく分かりませんな。斉藤さん、もうすこしはっきり仰《おっしゃ》ってくださいよ」

苛立《いらだ》ちが顔にも声にも表れていた。

正人が続けた。

「奥様の話では、出かけられる前に電話の傍に置いたはずの現金が無くなっていたというのですよ。ところが結局ですね、電話帳に挟《はさ》んであったんです」

「電話帳に挟んであった？　……それで被害は無かったということなのですか。ふーん、まあ、勘違いや思い違いは誰にでもあることですからな。お巡りさんや、皆さんには御迷惑をおかけしましたけど。……話はそれだけですか？」

「実はもう一件ございまして」

「？……」

「先月の事なんですが、消防訓練があった日。日曜日でしたが津川さんはおいでになられておりませんでしたね」

「日曜日ですか？　ああ、あの日は偶々《たまたま》用事がありまして外出しておりました。で、その日に何かあったんですか？」

「ええ、その時も派出所のお巡りさんを呼びましてね。ベランダに干してあった奥様の下着が盗まれたということでね。……その件で、お宅のお向かいの加藤さんと言い争いがありまして……。お巡りさんが言うには、病気ではないかと……」

「病気ですって？　お巡りさんがそう言ったんですか？」

正人は黙って頷いた。

気まずい沈黙が続いた。津川は険《けん》のある顔で天井を睨《にら》んでいたが、やがて腕組みを解くと俯《うつむ》きかげんに弱々しい声で言った。

「いや、よく仰っていただきました。実は、私も家内の変化に気づいていたのですが。まさか、家内がそんなだとは、つまり認知症だなんて考えたくもありませんですから。……でも、やっぱりそうなんですよね……。斉藤さん、御迷惑をお掛けしました」立ち上がると深々と頭を下げた。

正人が慌てて応えた。

「いや、そうとは限りませんが、お巡りさんの話ですと、疑いがあれば専門医に相談してはということですので」

「はい、ごもっともです。すぐにでも病院へ連れて行ってみます。……しかし斉藤さん、我々くらいの歳になれば、誰にでも可能性があるのは分かっているんですがね、身内のことになるとついですね……」

「津川さん、お子さんは？」

「嫁にやった娘と働いている息子がいます。そういえば、娘が家内の事を気にしていたんですわ。何だか近頃変だってね。娘にも相談しなくちゃあ……」

「それが良いでしょうね……」

津川は姿勢を正し両手を膝の上に置くと、改まった口調で話し始めた。

「斉藤さん、聞いてください。私は学校を卒業してからK製作所に入りましてね、営業畑一筋に定年まで働きました。自慢するわけでは無いですが、人の何倍も何倍も働いたつもりです。最後は本社の営業部長でしたが、ドサ回りもやりましたよ。単身赴任でね。お陰様で今も関係会社で働かせてもらっています。お分かりでしょう、私らには働くことしかないんですよ。違いますか？」

「仰る通りです」

正人が頷くと、それまで強張《こわば》っていた津川の顔が少し緩《ゆる》んだようにも見え、低い声で話を続けた。

「結婚して、家を買ってその借金を返し、子供を学校に入れて一人前に育てる。それが男の仕事でしょう。そういうふうに親に教えられてきましたよね。……私はそう思って、家の事も子供の事も家内に任せきりでした。その代わりと言っては何ですが、お金のことは家内の自由にさせていたし、女友達とダンスやヨガで楽しんでいるとばかり思っていました。……でも本当は色々悩みがあったのかもしれませんね……」

正人には何と応えていいか分からなかった。頭に浮かんだのは、ありきたりの慰《なぐさ》めの言葉だった。

「まだ認知症と決まったわけではありませんし、たとえそうでも、今は良い治療法もあるそうですから」

「そうですね……。兎も角お世話になりました」

力なく津川は立ち上がると、正人に向かって再び頭を下げた。その出てゆく後ろ姿は、来た時との勢いとは違って何だか酷く萎《しぼ》んで見えた。

それから暫くしたある日の朝、正人は津川が夫人の腕を取りマンションの前を歩いてくるのに出会った。

「お早うございます」

「ああ斉藤さん、お早うございます!」

「……」

津川夫人は、正人の姿にもその声にも気づいていないかのように無表情のままであった。

正人は家に戻ると妻の夕子に言った。

「おい、津川さんの奥さんにそこで会ったよ。知ってるか？　認知症だって」

「ええ、噂《うわさ》は聞いたわ。通院してるみたいね」

「お前と同じ歳くらいだろう。若いのに気の毒にな」

「油断できないわよ。誰だってなる可能性があるんですからね」

「おいおい、やめてくれよ。残された俺はどうするんだい」

夕子が口元に皮肉な笑いを浮かべて話を継いだ。

「あら、私が先になるとは限らないでしょう。あなたが先かもしれないわよ」

何だかその言い方が正人には気に入らなかった。

「それはそうだ。まあ俺が認知症になったらベランダからでも突き落としてくれよ」

「冗談じゃないわ。そんなことしたら殺人罪でしょう」

ちょっと棘《とげ》のある言い方に聞こえたので、売り言葉に買い言葉、ついむきになって余計なことまで言ってしまった。

「じゃあ山の中にでも捨ててくれれば！」

「馬鹿なことを言わないの。まあ、その時はその時。くよくよしたって仕方がないでしょうよ！」

妻の言葉に、女の強《したた》かさを感じさせられるのだった。

五

八月、自治会ですったもんだした、ハイツの夏祭りも無事終えることができた。

自治会の役員と有志で作った実行委員も、活躍したのは何のことは無い、昔からハイツに長く住んでいるおじさん、おばさん達が中心だった。子供たちの人数も、往時《おうじ》とは比べ物にならないくらい少なかったが、それでも久々に子供たちの賑《にぎ》やかな声が会場の狭い公園に響いていた。

レンタル屋から借りてきた祭り道具一式。焼きそば、フランクフルト・ソーセージ、綿あめに金魚すくいとヨーヨー釣り。豆電球の入った祭り提灯《ちょうちん》に紅白の天幕、カラオケセットと祭り気分を味わうには十分だった。

祭り男の吉田が、ねじり鉢巻きに半纏姿《はんてんすがた》で汗だくになって焼きそばを作っていた。時々意味もなく威勢の良い声を発していた。その脇では、野球帽をかぶった大田がもくもくとフランクフルト・ソーセージを焼いていた。伊藤は金魚すくいの係だった。彼の周りを沢山の子供たちが取り巻いていた。もっとも、最近の子供たちは、金魚すくいもヨーヨー釣りもやったことがないと見えて、夢中になって楽しんでいるのは大人ばかりだった。

日がおちて暗くなり、カラオケ大会が始まると、ハイツ以外の住民も物珍しそうに覗いていた。中には飛び入りでカラオケに参加する者もいて、祭りを盛り上げてくれた。

そういえばこの街から、盆踊りや神輿《みこし》が消えてしまったのはいつからのことであろうか。無理もない。最近は私鉄駅前の商店街もシャッターが目立つようになり、近くに在るスーパーも閉店の噂が流れていた。昔、朝夕の通勤時によく目にした、子供たちの進学塾やピアノ教室の看板だって、いつの間にか消えてしまっていた。正人達ゴルフ好きには、近くに在った打ちっ放しの練習場が閉鎖になったのは、切実な問題であった。

「管理人さん、いますか？」

正人が声をかけると、

「はーい、いますよ」管理人室のドアを開けて顔を出し、「ああ、理事長さん。お早うございます！　何でしょう」

正人が笑みを浮かべて応えた。

「いや、用事というわけではないんですがね。夏祭りのお礼にと思いまして」

管理人も愛想のいい声を返してよこした。

「兎も角、立ち話もなんですから、どうぞ中へお入りください」

「そうですか。じゃあちょっとだけ」

管理人室は狭かったがクーラーが利いているのか涼しかった。管理人の大島は魔法瓶《まほうびん》から麦茶をグラスに注いでくれた。

「ああ、すみませんです」

冷たい麦茶ののど越しが心地よかった。

管理人も自分で入れた麦茶を飲みながら言った。

「夏祭りは盛況《せいきょう》でよかったですね」

「ええお陰様で。集会所の椅子もテーブルも随分役に立ちました。綺麗《きれい》に拭いて返したつもりですが、何かあったらクレームしてください」

「ああ、大丈夫でしょう。理事長さん！　そうか、私はついそう呼んでしまうんですが、斉藤さんは自治会長さんでもあるんですよね。でも準備が大変だったでしょう。今時夏祭りなんてね」

管理人の大島の話し方はいつもの通り実直《じっちょく》であった。

正人が話題を変えた。

「大島さんはこの仕事長いんですか？」

「いえ、まだ五、六年ですよ。前は、ある会社の工場で働いていたんですが、六十で定年になりましてね。今の会社に再就職して、管理士の資格を取りましてね。元々、工場の設備の仕事をしていましたので、電気やガスの危険物の取扱免許は持ってましたから簡単でした」

「そうですか、じゃあ私らと同じサラリーマンだったんですね。もっとも、私には大島さんのような技術も資格もありませんので、雇ってくれるところもありませんがね」

「いやいや、理事長さんのような大会社にお勤めの方とは違いますから……」

その時、管理人室のドアをノックする音がした。

「はい！」と言って管理人が正人よりも早く立ち上がりドアを開けると、隙間から中年の女性の顔が覗いていた。

「あのー管理人さんにお話があるんですけど……」

正人が慌てて立ち上がり、「どうぞ。僕はこれで失礼しますから」ドアのところですれ違うかたちになった。

女性が正人の顔を見て気が付いたのか、正人に向かって言った。

「ああ、理事長さんもご一緒でしたの。じゃあちょうどいいわ。一緒に聞いていただけますか？」

ドアの前で立ち止まり、正人が訊いた。

「えっ、私もですか？」

女性の顔に見覚えがあった。古くから居る四号棟の住人で、確か迫田《さこだ》といったはずだった。

正人は立ち上がったまま、どうしたものか管理人の方に顔を向けると、管理人が自分の座っていた椅子を女性の前に差し出して言った。

「まあ兎も角、おかけください」

管理人は、隣の会議室から折畳みのパイプ椅子を持ってきて座った。正人も仕方なく座り直すと、狭いスペースでは三人の膝が触れ合うほどであった。

口を開いたのは管理人だった。

「で、ご用件は何でしょうか？」

「実は変なことに気が付いたんですが……」

「はあ、変なことですか？」

「臭いがするんです……」

管理人と正人が顔を見合わせ、「はあ、臭いですか……？」そして、同時に怪訝《けげん》そうな声を発した。「どこで？」

女性が応えた。

「ごめんなさい！　私、四号棟の二〇一の迫田ですが、向かいの二〇二号室の方から変な臭いがするものですから……」

迫田は落ち着かなそうに、管理人の顔から正人の方へ目をやった。

「臭いって、ガス漏れですか？」

管理人の問いかけに頭を振って応えた。

「いえ違います」

管理人が続けた。

「じゃあ、トイレの排水かな？」

「違うんです。……くさい臭いなんです。……何と言えばいいのかしら。例えば、肉か魚の腐ったような臭いなんです」

正人が口を挿《はさ》んだ。

「腐った臭いですか。向かいの二〇二号室は確か沢田さんのお宅ですよね。最近お見掛けしましたか。例えば、朝のゴミ出しですとか」

迫田が応えた。

「そういえば、ここのところ見かけないわね」

その応えに何か閃《ひらめ》いたのか、管理人が言った。

「ああ思い出した。四号棟の二〇二ですね。郵便受けに新聞が一週間分くらい溜まって溢れていたから預かってあるんですよ。そう、沢田二郎さんだ。何処かへお出かけなのか、ご近所に訊こうと思っていたんだ。でもお向かいの迫田さんがご存知ないとすると、どうなんでしょうね？」

最後は明らかに、正人へ向けられた問いかけだった。

「沢田さんも確か最初からの入居者でしたね。私はあまり付き合いがありませんが、お子さんも居ない方で、それに二、三年くらい前に奥さんを亡くされたんですよ……」

実際、正人もこれまで二、三度口をきいた程度であった。一呼吸おいて続けた。

「何処か旅行にでも出かけたんですかねー……。ひょっとすると、副理事長の吉田さんあたりはご存知かもしれませんね。同じ四号棟だし」

迫田は、益々不安そうな声を出した。

「でも、兎も角、腐った臭いがするんですよ！」

「臭いがねー……」言いながら、管理人にも伝染したのか不安そうな顔を正人の方へ向けた。その目が何を言いたいのかは正人にも分かっていた。面倒なことには巻き込まれたくないという胸の内を隠し、努めて冷静を装《よそお》うことにした。

「管理人さん、沢田さんに電話してみましょう」

「ああ、そうですね。ちょっと待ってください」

管理人は立ち上がると、キャビネットから沢田の個人情報ファイルを抜き取り、ページをめくっていた。

「有りました。でも、固定電話だけですね。携帯電話は登録されていませんね。……兎も角掛けてみましょう」

管理人が事務机の上の受話器を取り、プッシュボタンを押し暫く待ったが、「駄目ですね。呼び出し音が聞こえるだけです」頭を振って受話器をガシャンと置いた。

沈黙が続いた。

その場にいる誰もの胸の内に、嫌な予感が黒雲のように膨《ふく》らんでいた。しかし、それを口から出すのには躊躇いがあった。言霊《ことだま》では無いが、現実となるのが恐ろしかったのだ。

気まずい沈黙の中から声を出したのは正人だった。

「まあ兎も角、行ってみましょう」

「そうですね。行きましょう」

管理人が救われたように腰を上げたのに続いて、正人も迫田も立ち上がり部屋を出た。

三人が四号棟の二〇二号室のアルコープに立つと、何処からか異臭が漂ってきた。

管理人が相槌を求めるように正人の方を見ながら言った。

「成る程、臭《くさ》いですねー」

正人が継いだ。

「うん、腐った臭《にお》いだな、こりゃあー……。で、何処からですかね」

三人が三様に鼻を凝《こ》らし、ぐるりを嗅ぎまわった結果、最後に鼻を向けた先には二〇二号室の玄関のドアがあった。鼻をドアの隙間に近づけると、明らかに臭いは中から外に漂い出ているのが分かった。

「中ですねー」

管理人の言葉に迫田は、自分自身の頭で思い描いた恐怖のせいか、口と鼻を両手で覆《おお》って今にも叫びだしそうになった。いや迫田だけでなく、管理人も正人も同じ思いに囚《とら》われていたのも事実であった。

「まあ、落ち着きましょう。まだ決まったわけではありませんから」

正人は自分でも意外と冷静な声が出たと思った。そして瞬時を置いて、頭に閃いた言葉が口をついて出た。

「そうだ、緊急連絡先だ！　管理人さん、何かあった時の為の緊急連絡先が管理人室にあるでしょう。何年か前に私も書いた覚えがありますけど、沢田さんのも当然あるんでしょう？」

それまで焦点《しょうてん》の定まらない目をしていた管理人が正人を見据《みす》え、得たりというように右の拳《こぶし》で左の掌《てのひら》を叩いて言った。

「そうだ、それだ！　理事長、兎も角一旦事務所に戻りましょう。ああそれから奥さん、騒ぎたてないでくださいね。私らで何とかしますから」

二人は、突っ立ったままの迫田を残し、階段を駆け下りて行った。

集会所への道すがら、正人は思っていた。（何でこんなことに巻き込まれなくちゃならないんだ。こんなの理事長の仕事かよ！）内心の不満を口には出さなかったが、他人が見れば顔に表れていたかもしれない。

管理人が、机の上に置いた沢田の個人情報ファイルを捲り、緊急連絡先を取り出すと正人の目の前に広げた。

「これですね。えーと、長崎県五島列島ですか、随分遠いですね。名前が沢田研一……甥《おい》となっていますね。電話番号は書いてありますけど……」

正人もファイルから目を離さずに言った。

「うん、しかしいくら何でも、すぐにこちらに来てくれというわけにはいかんでしょうな。でも、旅行に出ているとすると、行き先の当てくらいは分かるかもしれないね。それに、ひょっとして携帯電話の番号を知っているかもよ。……ともかく、この甥なる人物に電話してみてください」

管理人が上目遣いに正人を見て訊いた。

「今ですか？」

正人の方は、管理人を見下ろす形で応えた。

「そうです。早い方がいいでしょう」

「で、何と言ったらいいでしょうね」何だか気乗りのしない言い方だった。

「そうだね、本人が一週間以上家を空けて連絡がない事と、規則では長期に家を空ける場合は、不在届を出すようになっていることかな」

「それだけでいいですかね。で、臭いの事はどうしましょう？」

管理人の煮え切らない態度に、正人は苛立ちを覚えながら言った。

「変な臭いがして隣近所が迷惑してる、とでも言ってくださいよ」気持ちを抑えて話したつもりだったが、お終いの方は少し声が大きくなってしまった。

「じゃあ電話してみましょう」

観念したように管理人が受話器を取った。

「今何時ですか？　昼か。サラリーマンだと家には居ないかもしれませんね」

つぶやきながらプッシュボタンを押していた。暫くして繋《つな》がったのか、

「ああ、もしもし！　沢田研一さんのお宅ですか？　……あーそうですか、実は私、お宅様の叔父にあたる沢田二郎さんの住んでおられるマンションの管理人で、大島と申しますが……」

「……――」

管理人は受話器を手で押さえながら正人に通じた旨の合図をよこした。

「一週間以上も新聞や郵便物が溜まっていましてね、防犯上も問題がありますので……」

「……――」

「ですから、ご本人に連絡を取りたいのですが……。はあ、ご存知ないですかー……」

「……――」

「困りましたね。ちょっと待ってください。マンションの自治会長さんに代わりますから」

受話器を手で押さえながら「お願いしますよ」と正人に頭を下げ、受話器を突き出した。

(しょうがないな) 出かかった言葉を呑み込んで電話を代わった。

「もしもし、私このマンションの自治会長と管理組合の理事長を務めています斉藤と言います

が、沢田二郎さんの甥御《おいご》さんでいらっしゃいますよね。……——そうですか。お聞きになったと思いますが、叔父さんの沢田さんと連絡を取りたいんですよ……」

正人の問いかけに、電話の相手は、叔父とは長い間会っていないし携帯電話の番号も知らないし、まして行き先など見当もつかないという事であった。まるで木で鼻をかんだような返事であった。

「……——そうですか。実はですね、ご近所から変な臭いがすると苦情がありましてね、……——そうなんですよ。……——えーっ、ゴミの臭いじゃないかって？　そうかもしれません。それでですね、警察に届けるほどの事もないでしょうから、我々で一度家の中へ入って調べてみたいんですよ。ご協力願えませんか？」

正人の問いかけに対して、相手は明らかに迷惑そうな話し方であった。

「……——えっ、忙しくて手が離せない。成る程、今が収穫の最盛期ですか。そうですね、九州は台風の通り道ですものね。分かりました。じゃあ、私たちで調べてみますので。……えー、一応お宅様が緊急連絡先に指定されていますので、お断りしておきます。宜しいですね。じゃあ、何かありましたら連絡しますので。……——はい、失礼します」

正人は受話器を置いた。

「へーえ、やれやれ。忙しくて手が離せないから、勝手にそちらでやってくれってさ。叔父・甥でも冷たいもんだね」

「そうかもしれませんね。で、私らで家の中を覗いてみるんですか？」

管理人の声とその顔には、面倒に直面したことに対する困惑と不安が表れていた。

そういう正人だって、面倒には巻き込まれたくないとの思いは同じだった。それを、あえて快活《かいかつ》な声を出そうとするのだが、変に声が裏返ってしまった。

「そうするしかないでしょう。緊急連絡先の人がこちらでやってくれというんですから……。まあ、念には念を入れと言いますから、副理事長の吉田さんにも付き合ってもらいましょうよ」

正人が自分の携帯から吉田を呼び出し、簡単に事情を話すと吉田は快く引き受けてくれた。

五分ほどで吉田が現れた。

「よっ、事件だって？　しかしよくあるね、このハイツは」

正人も吉田の顔を見て正直ほっとした。それが自然と声にも出てしまった。

「やあ、すみませんね。呼び出しちゃって。さっき電話で話した通り、これから四号棟の二〇二をガサ入れしようということです。ところで吉田さんは、この沢田二郎さんって知ってますか？」

「さあーて、……ああ思い出した、何かで一緒になったことがあったな。結構な歳のおやじだ。とっつきにくい感じのな。まあ、それはお互い様か。他人の事をとやかく言えた義理じゃないな、俺も。……それで、これからガサ入れだって？」

吉田が好奇心と不安の入り混じった顔で、二人を見比べながら続けた。

「おい、それって、不法侵入《ふほうしんにゅう》にならんだろうな？」

「だから吉田さんを呼んだんですよ。僕は自治会長として、吉田さんが管理組合の代表、管理人さんはこのマンションの常駐管理人ということで関係者が揃いました。それと、この場合、家主の後見人としての立場の甥御さんの承諾も取りましたから問題ないでしょう。じゃあ、管理人さん行きましょう！」

促されて管理人がキャビネットの鍵を開け、奥から小さな手提げ金庫を取り出し、中からマスターキーを取り出しポケットにしまい込むと、正人に向かって言った。

「理事長さん、後でマスターキーの使用許可書にサインをお願いしますね」

正人が頷いて出ようとすると、吉田が言った。

「おい、ちょっと待て。ガサ入れに手袋は必須《ひっす》だぜ。管理人さん軍手《ぐんて》ないかい？」

「ああ、有ります。大掃除の時に使うのが。確か在庫が有ったはずです」

管理人は部屋の隅に置かれていた段ボール箱の底の方から軍手の束を取り出し、二人に手渡し、自分もポケットに仕舞いこんだ。

二人の後に付いてきた吉田が、二〇二号室のアルコープに着くと、鼻をひくひくさせていた。

「うん、ほんとに臭いな。これはやばいかもな」

管理人も正人も、鼻と口を軍手をはめた手で押さえ、吉田の問いに頷くだけであった。

正人が、玄関に付いている呼び鈴を押すと、ドアの向こう側から低く籠《こも》ったようなベルの音が聞こえてきたが、人の動く気配は無かった。三人は、暫くの間身動きしないで立っていた。それは何かを待っていたというよりは、明らかな躊躇いだった。この先に繰り広げられるであろう光景に対する恐れであった。

沈黙を破って声をかけたのは正人だった。

「管理人さん、開けて入りましょう」

「ええ」

鼻と口をふさいだ軍手の指の隙間から漏れ出た声は、気のせいなのか震えて聞こえた。管理人がポケットからマスターキーを取り出し、鍵穴に差し込むのだがうまくは入らなかった。ガチャガチャ音がして、最後にガチャンという鈍い音がすると漸《ようや》く鍵が開いた。

管理人はノブに手をかけたまま、正人の方を振り向いた。その顔には悲壮感《ひそうかん》が漂っていた。

重々しい声で訊いた。

「開きました。入りますか？」

正人はこの時になって何故だか、昔テレビで見た機動隊の「あさま山荘」突入のシーンを思い出していた。

そして、突撃前の指揮官のように徐《おもむろ》に応えた。

「うん、入ろう！」

管理人がそうっとドアを開くと、中から一段と臭《くさ》いにおいがあふれ出て鼻を突き、思わず「うえっ！」と叫んでドアを閉じてしまった。

吉田が鼻と口を押さえた指の間から、お風呂の中のおならのようなくぐもった声を出した。

「本当にやばいぜ！」

管理人の引き攣《つ》った声がそれに続いた。

「理事長さん、どうします？」

（なんで俺だよ。まったく。突撃ったら突撃しろよ）喉元まで出かかった声を呑み込んだ。それでも意を決して、正人が左手で鼻と口を塞《ふさ》いだまま、入り口のドアのノブに手をかけた。その場で一旦大きく深呼吸をし、息を止めてそっとドアを開いて中へ一歩足を踏み入れた。玄関も、居間に通じる廊下も薄暗かった。右手で壁際にある電灯のスイッチを押すと、ＬＥＤランプの黄色がかった照明が空間を照らし出した。ドアの開閉によってかき混ぜられた生暖かい空気が頬を撫で、息を継いだ途端に一層ひどい臭いが鼻をついた。「うわー！」と叫んでドアの外へ飛び出してしまった。

入り口のドアを大きく開けたまま、正人を先頭に吉田と管理人が一列になって、抜き足差し足で前に進んだ。玄関から居間までの距離がやたら長く感じられた。居間に辿り着くと、三人が同時に溜めていた息を「ふー」と吐き出した。そこには想像していた物は無かったのだ。

次に目に付いたのは、右手に続く、和室の襖《ふすま》であった。三人が三人とも、鼻から下を軍手で覆い隠したまま見つめ合い、目だけでお互いを促しているのだが誰も動こうとはしなかった。

またまた、最初に動いたのは正人だった。襖に手をかけ、一旦振り向いて二人に目で合図を送ると、思い切って襖を横へスライドさせた。ガタンと大きな音がした。

「わっ!」思わず正人の口から声が出てしまった。それは意に反して、襖が勢いよく滑って、ガタンと音を立てたことに対する驚きだった。三人の目線が恐る恐る畳の縁から奥へ奥へと進んでいった。「ん!」結局、和室は空だった。

他の二つの洋室にも怪しいものは無かった。どうやら、臭いの源泉は台所のようであった。

「残るは台所だな」

吉田のくぐもった声に、正人と管理人が頷いた。お互いを見つめあう目と目に、映っていたのは最悪の光景だった。誰もが自分から動こうとはしなかった。目だけで、お互いを促していた。眼力に負けたかのように最初に動き出したのはやっぱり正人だった。足を台所の方に向けると、あとの二人が後ろに従った。台所の中が見える角まで来て動きを止めた。正人が後ろを振り返り(おい、ラグビーのモールじゃないんだから押すなよ)、と言おうとした瞬間、その背中を誰かの手が押した。

「わーっ!」と声を上げ、たたらを踏むように二、三歩前へ押し出されてしまった。

「あっ!……」

正人は思わず、ホラー映画に出てくるように、大きく目を剥《む》いた。そして、一瞬の間をおいて、正人の口から思わず拍子抜けの声が出た。それは、腹の中に溜まっていた空気が自然に漏れ出たような気の抜けた音だった。

「なーんだ！」

その声につられて、二人も首だけを出して台所の中を覗いた。そして、示し合わせたように同じセリフを吐いた。

「なーんだー……猫か！」

「そうだ、こいつだよ」

三人が猫の死骸《しがい》を上から覗いていた。

「まったく人騒がせな話だよ」

「本当ですね。理事長さん」

吉田のだみ声が続いた。

「しかし酷いおやじだぜ。猫を閉じ込めたまま出かけて、一週間も帰ってこないなんてよ。動物虐待だぜ」

皆の声が心の変化を如実《にょじつ》に表していた。恐怖感から解放された声であった。

その場の腐臭《ふしゅう》にいたたまれなくなって、正人が台所の窓をあけると、管理人もベランダに通じる窓を大きく開けた。籠《こも》りきった部屋の空気が動くのが感じられた。

戻って来た管理人に正人が言った。

「この死骸どうしますか？」

「個人の所有物ですが、死んでしまっていますしね。ペットの死骸を放置しておくのは近所迷惑ですからね」

吉田が話を継いだ。

「そうだ、市の条例違反だよ。市役所に言って処置してもらえよ」

「市役所で処理してくれるかな。無理だと思うよ」

「そうですね、業者に頼んで処理してもらいましょう。理事長さん、いいですよね。これ清掃費で落としますけど」

「うん。それにしてもここの家主は傍迷惑《はためいわく》だな。自治会でも、長期不在にする場合の連絡を徹底するように通知を流すとしよう」

吉田が、窓の外に顔を突き出し、大きく息を吸った後で、吐き出した。

「やれやれ。まあ兎も角、この程度の事件でよかったぜ。俺はてっきり仏様《ほとけさま》にお目にかかるんじゃないかと覚悟をしていたんだからよ。人間様の腐った奴をな！　考えただけで、おーやだやだ」

それは、正人も管理人も同じ思いのはずだが、口には出さなかった。想像したくもない事だった。

三人はそろってその場を離れた。

その後、管理人が業者に頼んで猫の死骸の始末をさせたという報告《しらせ》があった。

その翌朝、正人の家の玄関の呼び鈴が鳴った。出てみると、立っていたのは管理人と、初老の男だった。

管理人が挨拶をした。

「理事長さん、お早うございます。こちらは四号棟二〇二の沢田さんです」

正人の返事を待たずに、男が管理人の前に進み出て頭を下げた。

「沢田です。理事長さん、この度はどうもご迷惑をおかけしまして申し訳ありませんでした」

もちろん目の前の日に焼けた男の顔に見覚えはあったが、昨日の件とはすぐには結びつかなかった。

「沢田さん？　ああー、二〇二号室の沢田さんね。帰って来たんですか。……まあ、迷惑というよりも、どうなさったのかと心配していました。いや、まあ無事で何よりです」

「ご心配をおかけしまして。いや本当は、三、四日で帰ってくるつもりだったんですがね。釣りに行ったんですよ。日本海にある飛島にね。ところが低気圧のせいで海が荒れてフェリーが欠航しましてね……」

「海釣りですか？」

「そうなんですよ。海釣りが私の趣味でしてね。いやもう今頃の日本海は最高でして、キス、メバル、タイにカレイなんでもありですよ。形も良いですから。毎年出かけるんですがね、今年は天気がいまいちでしたな。それに、あそこで獲れる岩ガキは絶品ですから……」

一見するととっつきにくい感じの沢田が、いつの間にか饒舌《じょうぜつ》な男に変わっていた。迷惑をかけたことなど忘れたかのように、得意気にしゃべりだした。黙っていたら釣りの話はいつまでも続きそうだった。

正人が口を挿んだ。「良い趣味をお持ちで、結構ですね！」日に焼けた男の顔に目線を合わせながら皮肉っぽい口調で続けた。

「独り暮らしのようですから、まあ兎も角、旅に出て遅くなる時には管理人さんへでも電話を入れてくださいよ。空き巣に入られたりしますからね。ああ、それから、猫の死骸の処理に業者を頼みましたから、その代金立て替えてありますので後で管理人さんに払ってくださいね」

恐縮《きょうしゅく》したように沢田が言った。

「ええ、それはもちろんです」

元のとっつきにくい顔に戻った沢田は、正人に向かって深々と頭を下げ、管理人と帰って行った。

(何がいい趣味だ。独り者は気楽でいいよ！　脅《おど》かしやがって、まったく！　まあ、本当に人間の死体でなくてよかったけどな) 二人が階段を下りるのを見送りながら正人は溜め息をついた。

六

雨が降っていた。ここのところ台風の季節なのかよく雨が降った。朝から降り出した雨は午後になってもやまなかった。

正人が、ハイツへの帰り道を歩いていた。久しぶりに東京へ行った帰りだった。小学校の下校時間なのか、前にも後ろにも、小さな傘をさした児童が数人ずつ固まって歩いているのが目に付いた。三時過ぎの時間帯からいって、高学年なのか、背負っているランドセルが窮屈《きゅうくつ》そうであった。中には、大人の背丈《せたけ》ほどもある女の子もいた。総じて、男子よりも女子の方が体格は良かった。

ハイツへの曲がり角まで来た時だった。四、五人の男の子が騒いでいる声が聞こえてきた。近づくにつれ、どうやら一人の子をほかの子供たちが虐《いじ》めている様子だった。傘を奪われたのを追いかけているのだ。

体格的に他の四人より見劣りする子だった。

「返せよ。俺の傘!」

「ここまでおいでだ。ほらよ」

虐めっ子達は傘を順繰りに手渡し、子供を取り巻くようにはやし立てていた。傘を盗られた子は雨に打たれ濡れていた。雨粒が涙のように顔を濡らしていた。

「返せよ」

中でも体の一番大きな子が傘を振り回しながら言った。

「お前なんか雨に濡れて丁度いいんだ。お前には放射能が付いているからな」

「そうだそうだ。やーい放射能！　お前なんか帰れ」

他の子供たちも一斉に酷《ひど》い言葉を投げつけていた。

（放射能？）聞き捨てならない言葉だと思った。正人が大きな声を出しながら輪の中に割って入っていった。

「お前たち、何やってんだ。虐めか、許さんぞ！」

持っていた傘を取り上げると、子供たちを睨《にら》みまわした。

「お前たち、どこの小学校だ？」

「わー、逃げろ！」

正人の詰問に応えることもなく、虐めっ子達は一斉に逃げ出していった。

正人は、虐められていた子供に傘を開いて差し掛けてやると、ポケットからハンカチを取り出し濡れた頭と顔を拭いてやった。うつむいたままの子供に正人が声をかけた。

「しょうがない奴らだな。さあ、帰ろう」

「……」

子供が何か言ったようにも聞こえたが聞き取れなかった。

「家はどっちだい？」

子供が俯いたまま黙って指さした。

「うん、こっちって、サンライズ・ハイツかい？」

「うん」

今度は小さな声だったが正人の耳に届いた。

「そうか、ハイツの住人か。おじさんもだ。よし、一緒に帰ろう！」

正人は傘の中の小さな頭をなでながら歩きだした。しかし、子供の顔に見覚えはなかった。

「おじさんは二号棟の斉藤。君は？」

正人の問いかけに、今度は少し大きな声が返ってきた。

「四号棟の四階、久保田です」

「久保田君か。おじさん、君の事見たことないんだけどな。最近かい、引っ越してきたのは？」

「うん、夏休みが終わってから来たの。お母さんと一緒に。でもお父さんはまだ来ないんだ」

少年の話す言葉には少し訛《なま》りがあった。

正人には思い当たる節《ふし》があった。

「君ん家《ち》は福島かい？」

「――……」

今度は傘の中で頷いたのかもしれないが、声は聞こえなかった。でも間違いないと思った。市の行政連絡網を通じて、このハイツにも福島からの被災者が避難してくるという話を聞いたことがあった。それで子供たちが放射能を虐めの道具に使っていたのにも合点がいった。

「そうか。おじさんはここのハイツの自治会長だからな、困ったことがあったら何でも相談に来るんだよ。お母さんにも言っとけよ。分かったな！」

「うん。おじさん有難う」

今度は元気な声だった。正人は、子供が四号棟の方へ走って行くのを見送っていた。


正人が公園の脇の道路を歩いているとボコンという音が間欠的《かんけってき》に聞こえてきた。目を向けると、傾きかけた秋の日差しの中に、子供のシルエットが浮かびあがっていた。ブロック塀に軟式ボールを壁当てしている少年の姿だった。結構なスピードだと見えて、ボールが壁に当たる度にボコンという音とともに勢いよく跳ね返るのだった。

立ち止まって見ている正人に気が付いたのか、少年がボールを拾うと次の投球動作をやめ視線を向けてきた。声を発したのは少年の方だった。

「ああ、この間のおじさん！」

正人にもその声と顔に見覚えがあった。

「やあ、久保田君だったね。野球やるのかい？　良いボール投げるね」

「うん、福島に居た時に少年野球のチームに入ってたんだ」

褒《ほ》められたのが嬉しかったのか、少年はちょっと得意そうな顔をした。

「で、今は？」

正人の問いかけに、俯いたままで頭を小さく振った。

「——……」

「そうか、まあまだ来たばっかりだしな。このハイツにも昔は少年野球チームがあったんだけどな。多分、近所にも少年野球のチームはあるよ」

少年は上目遣いに正人を見つめ、少しだけ大きな声を出した。

「本当、おじさん。僕も入れる？」

正人にも正直なところ答えられない問いかけだった。最近小学校のグラウンドで、少年野球の試合をしているのを見かけたことがあるだけであった。それでも、行きがかり上この少年の夢を壊す気にはならなかった。

「ああ、多分ね。……で、君はピッチャーかい。よーし、おじさんがキャッチャーをやってやるからグローブを貸しな」

「うん」

少年は嬉しそうに、グローブを正人に向かって放り投げてきた。ブロック塀の前で構える正人のグローブ目がけてボールが飛んできた。バシッという小気味良い音がした。思わず正人の口から声が出た。

「ナイスボール！　速いな」

少年は得意げにぐるぐる肩を回すと、大きく振りかぶって次の球を投げてよこした。

「うん、いいぞ」

ボールがグローブに嵌《はま》る音と正人の掛け声が、夕闇《ゆうやみ》の迫る公園内に響いていた。

何球くらい受けただろうか、少年を呼ぶ女の声がした。

「義則《よしのり》！　お家《うち》に帰る時間よ」

少年は動きを止めて、声のする方を見やった。それにつられて正人も目線をそちらに向けた。ビニールの買い物袋を手に提げた女がそこに立っていた。多分、義則と呼ばれた少年の母親なのだろう。

少年が応えた。

「うん、分かった」

正人が立ち上がり前へ進むより少年の方が先だった。

「おじさん、もう帰る」

グローブを少年に手渡しながら正人が言った。

「そうか、帰るか。久保田義則君だったね」

少年が返事をする前に、傍に近づいてきた女が言った。

「どうも有難うございます。子供と遊んでいただいて」

「いやーちょっと野球のまねごとをしていただけですよ」

正人が慌てて応えると、少年はちょっと得意気な顔をして女に言った。

「お母さん、このおじさんだよ。前に話した自治会長さんは」

女は改まって正人に頭を下げて言った。

「そうですか。私、久保田と申します。この子がお世話になりまして。先月このハイツに引っ越してきたばかりなものですから。子供にも不自由させています」

正人も軽く会釈《えしゃく》を返した。

「四号棟の四〇五号室の久保田さんですよね。先月引っ越して来られたんでしたか。失礼ですけどご家族は？」

「はい、主人の両親とこの子ともう一人下に女の子がいます。主人は仕事の都合で福島に残っています」

「福島ですか……」

震災の被災者であるのは薄々気づいていたのだが、正人にはそれ以上踏み込んだことは言えなかった。女の方が正人の心の中の問い掛けを察したのか話を継いだ。

「そうなんです。私たちの住んでいた家は汚染地域なんです。ここに来る前は避難所に住んでいたんですが、狭いですし、主人の仕事の事もありますしね。知り合いの伝手《つて》でやっとここを借りられたんです……」

「そうですか、大変でしたね。まあとにかく、何かありましたら何でも相談に来てください。私、二号棟三〇三号室の斉藤です。自治会長をしていますから」

「有難うございます」

女はもう一度頭を下げると少年を促し、足早に去って行った。立ち尽くしたままの正人だったが、帰ろうとして足を踏み出したその時、腰と膝に痛みを覚えた。慣れない格好で、キャッチングをしたのがいけなかった。その場で腰を伸ばし、膝の屈伸運動をしてみたら幾らかよくなったような気がした。

ふーと大きく溜め息をつくと、「歳だな！」ぼやきがつい口からこぼれ出てしまった。照れくさくなって、急いで辺りを見回したが誰もいなかった。


玄関のベルが鳴った。正人がドアを開けて顔を出すと女が立っていた。

「お早うございます。朝からすみません、自治会長さん。ちょっとご相談があるんですけど」

三号棟の自治会のメンバーの一人だった。

「お早うございます」正人はサンダルをつっかけてドアの外にでて、

「三号棟の大山さんですよね。どんなことでしょう？」

「はい、大山です。実は、昨日の事なんですが、隣の西側階段の四〇六号室に回覧板を持って行ったんですよ。ついでに自治会費を貰おうと思いましてね。確か西村さんという方が住んでおられたはずなんですが。違いますか？」

「はあ、そうかもしれませんね。で？」

「私もそう思っていたんです。それがね、違うんですよ。自治会長さん」

大山の持って回ったような言い方に、正人は苛立ちを感じたが、顔には出さずに言った。

「はあ、どう違うんですか？」

「玄関のドアから出てきたのはね、誰だと思います？　私、びっくりして逃げ出そうと思ったのよ」

「誰なんです？」

ちょっと声が大きくなってしまった。

大山は、まるで少女が友達に秘密でも明かすように、急に声を潜めて言った。

「黒人の男性！　しかも玄関のドアをくぐって出てくるくらい大きな男の人なのよ。周りも薄暗いでしょう。私もうびっくりしちゃって、思わず声を上げそうになったの。いつ引っ越してきたのかしらね。会長さんご存知ない？」

正人にも初耳だった。

「いや、知りませんね。管理人さんへは届けてあるのかな？　まあ後で訊いてみますよ。それで？」

大山が続けた。

「ええ、日本語も話せないみたいだし、自治会費貰わないで帰ってきちゃったのよ。回覧板もね。渡しても日本語が読めないいんじゃあしょうがないでしょう。どうしたらいいんですか。それに今週の火曜日のゴミの日に、透明なビニールの袋が集積場に出されていたのよ。市の指定のゴミ袋、知らないんじゃない……外国人だからね」

聞いていればいつまでも話し続けるつもりのようなので正人が口を挿んだ。

「分かりました。管理人さんに確認しますから、回覧板は四〇六号室を飛ばして次へ回してください」

「そうですか？　じゃあよろしく頼みますね……」

大山はまだ何か言いたそうだったが、それだけ言うと諦《あきら》めて帰って行った。

（とうとうこのハイツにも外国人が住むようになったのかよ。また面倒なことが起きなければいいが。やれやれだ）正人は気が重くなった。

「管理人さん、いますか？」

「はーい！」

管理人室ではなく会議室の方から声が返ってきた。やがて、スリッパのパタパタという音を響かせて出てきたのは管理人だった。手には箒《ほうき》と塵取《ちりと》りを持っていた。

「ああ、理事長さん。何でしょう？」

正人は軽く会釈をし、ちょっと遠慮がちに言った。

「今、掃除中でしたか。後でもいいんですがね……」

「いや、もう済みましたから構いませんよ。どうぞ中へ」

管理人がドアを開け先に立って中へ入るのに正人も続いた。管理人が、壁際に立て掛けてあった折畳みのパイプ椅子を開いて置いた。

「どうぞ座ってください。今お茶でも入れましょう」

「ああ、構わないでください。大した話じゃありませんから」

正人の制するのも聞かず、ポットからグラス二つに麦茶を注ぎ、その一つを正人に差し出した。自分でも喉が渇いていたのか、旨そうに麦茶を飲み干し正人に向かって言った。

「今日は何でしょう？」

正人が笑いながら言った。

「管理人さん、僕が来ると碌《ろく》な話じゃないんですよね、いつも……」そして真顔で続けた。

「実はですね、三号棟に外国人が住んでいるというんですよ。こちらに借家人の届けが出ていますかね？」

「ああ、先月確かに借家人の届けがありましたね。中身はよく見ていませんでしたけど……」

管理人がキャビネットを開け、『三号棟』とラベルの貼られた青い背表紙のファイルを取り出し机の上に広げ、二、三ページ捲《めく》って該当者を見つけたのか正人に言った。

「理事長さん、三号棟の四〇六号室ですね？」

「そう、それ。有りましたか？」

「有りました」

管理人が正人の方に開いたままのファイルを向けて見えるようにし、話を続けた。

「入居は今月の一日からですね。えーと、夫婦者ですね。夫のほうが、ボブ・ウエストウッドで奥さんの方がアン・ウエストウッドですか。国籍は両方ともUSAで、奥さんの勤め先がこのH中学の補助教員ですね。旦那の方がK市にある外国語学校になっています。緊急連絡先がH中学校か。これって、不動産屋が書いたんですね」

正人も横からそのページを眺めていたが、日本語で書かれたものだった。どうみても、外国人の二人が書いたとは思えなかった。何だか嫌な予感がしてきた。ついその不安が口から出てしまった。

「届け出がありますから文句は言えませんね、誰が住もうと。でも、日本語できるんですかね。自治会費払ってくれますかね。ゴミの出し方誰が教えるんですか……」

正人の不安そうな表情につられたのか、管理人も不安そうな声で継いだ。

「でも管理組合としては届け出が出ている以上嫌とは言えませんですよね、誰が住もうと。後は、自治会の問題ということになりますね」

言ってしまってから、理事長が自治会長を兼務している事に気が付いたのか慌てて目を正人からそらした。

正人はその言葉をうわの空で聞いていたが、暫くして溜め息交じりの声を発した。

「そうだよなー。これは自治会の問題だ。……あーあ、どうしようか」

管理人は沈黙したまま、下を向いていた。

(しょうがないな、また俺だよ)つい愚痴《ぐち》が口をついて出そうになるのを呑み込むと、管理人に言った。

「管理人さん、その届け出の写しを貰えますか。……兎も角その外国人に会ってみますよ」

「そうですね、そうしていただけますか。じゃあ、ちょっと待ってください。これコンビニでコピーしてきますわ」

救われたように管理人が腰を上げかけるのを、正人は慌てて止めた。

「いや、今でなくてもいいですよ。どうせ彼らは学校でしょうから。夕方に訪ねてみますよ。それまでに届けてくれますか」

「分かりました」

正人には、管理人の声の調子が変わったように聞こえたのだが、考えすぎだろうか。

夕方、正人は一人で三号棟の四〇六号室のアルコープに立っていた。玄関の呼び鈴を押すのが躊躇われた。英語が苦手だった。仕事の関係で何度か海外出張もこなしてきたが、いつも誰か英語のできる者が一緒だった。外国人と一対一で込み入った話をするほどの自信はなかった。意を決して呼び鈴を押すと、ピンポン・ピンポンの音が聞こえてきた。数瞬待ったが返事がなかった。もう一度押そうとした時だった。

「ハーイ」

間延びをした声がしてドアが勢いよく開けられた。男が立っていたが、顔の半分くらいから上がドアのフレームの外に在ってよく見えなかった。

正人の頭の上の方から野太い声が聞こえた。

「コンバンワ！」

思わず見上げてしまった。黒人の背の高い男性だった。覚悟していたとはいえ、ドキドキして何と言えばいいのか咄嗟《とっさ》に思いつかないまま、口から出たのはありきたりの言葉だった。

「こんばんは！」

「ハーイ！」

男が右手を差し伸べ握手を求めてきたのに正人も応じた。

正人が次の言葉を探しているうちに男が言った。

「What's the matter?　……ナンデショウカ？」

正人にもそれくらいの英語は理解できた。

「日本語ができますか？」

肩をすくめ、首を傾げて言った。

「a little . . . スコシネ」

正人は次の言葉を必死に探すのだが、頭の中がぐるぐる回っているだけで、適当な英語の単語が出てこなかった。その時だった。奥の方から女の声がした。

"Bob! Who is it?"

出てきたのは色の浅黒い中米系の顔立ちの女だった。思わず正人の口から日本語が出た。

「こんばんは！」

「ハーイ、こんばんは！　……あなたは？」

正人は、女は多分この男の奥さんなのだろうと思ったが、自分自身名前を名乗っていないことに気が付いた。英語で言おうか迷った末に結局日本語で言った。

「私の名前は斉藤です。ウエストウッドさんですね？」

男が女に向かって、囁いた言葉は正人には理解できなかったが、多分、女に日本語で応えることを促したのだろうと思った。案の定、女が日本語で応えた。

「そうです。わたしは、アン・ウエストウッドです。そして、ハズバンドのボブです」

どうやら女の方が少しは日本語が理解できるようだった。

「今日来たのは自治会の事で……」

話しているうちに不安がつのってきた。

「自治会、わかりますか？」

正人の問い掛けに、女は男の方を見て肩をすぼめ、そして正人に向かって言った。

「じちかい！　わかりません。それなんですか？」

「自治会というのはですね……」

何と言えばいいのだろうか。必死に考えた末、頭に浮かんだ言葉は、「タウン・コミティ、分かります？」。

反応したのは女の方だった。

「ああ、『ちょうないかい』ですね」

「そうです。町内会！　町内会が分かりますか」

ほっとして自分でも声の調子が変わったのに気が付いた。身振りを交えて続けた。

「町内会は広い。自治会はもっと狭い、このマンション、サンライズ・ハイツだけのハイツ・コミティのことです。分かりますか？」

「わかります」

女が応えた後で、男に向かって英語で何やら説明すると、男も頷いて言った。

「ワカリマシタ。ソレデ？」

「自治会にはルールがありましてね。それがこれなんですが……」

正人が持参した規約集を男に手渡すと、男は二、三枚ページを捲っただけで処置無しといったように両の手を大きく広げた。

「ジャパニーズ。オーノー」“Can you explain it to us?”

（エクスプレン。説明！　できるわけないよ）正人は慌てて頭を振って応えた。

「ノーノー」

“Why not?”

（何故って？　出来ないものは出来ないよ）正人の困惑した顔を見て女が言った。

「それになにがかいてあるの。よまないとこまるの？」

「何がって、……例えばゴミの出し方とかね」

「ゴミのだしかた？　もえるゴミは、火曜日と木曜日ですね」

「そうです。でもゴミ袋が違います。知っていますか？」

「ゴミのふくろ。ビニールぶくろでしょう？　レンタル・コントラクトのサインのとき、エージェントの人がおしえてくれました」

正人は女の言葉に苛立ちを覚え、つい早口になってしまった。

「違いますよ。市が指定したゴミ袋があるんです。燃えるゴミは黄色のビニール袋ってきまっているんです」

男の方はほとんど理解不能と見えて、口を開いたのは女だった。

「きいろ、Why?」

「ホワイって。決まりだからな……つまりカラスがくるでしょう」

「カラス?」

「カラス、分かりませんかね。カアカア鳴く鳥ですよ」

「とり？　どんなとりですか」

「真っ黒くてね、カアカア鳴くの」

何に興味を持ったのか、女が面白そうに続けた。

「Oh, crow!　……クロゥね。日本じゃカアカア鳴くんですか？」

言った後で女が男と英語で話をしていたが、内容は正人に分かるはずもなかった。

「夫がいうには、日本のカラスは日本語でなくのかって？」

正人も、彼らのまねをして処置無しといったふうに肩をすぼめ、話を続けた。

「ともかくですね、黄色はカラスが嫌うんですよ。だから燃えるゴミ用に使う決まりなんです。それと曜日によって出すゴミの種類も違うんです。分かりますか？」

正人は本当に苛立ってきた。つい、言い方が刺々《とげとげ》しくなってしまった。

「ともかく、この規約集に書いてありますからこれを受け取ってください」

女は、突き出した正人の手から規約集を受け取ると、パラパラと捲った後で処置無しといったふうに頭を傾げて言った。

「だれか英語のできる人いませんか？」

「英語のしゃべれる人ですか？」

正人は話しながらイトケンさんの顔を思い出した。

「います居ます。そうだ、彼を呼ぼう。ちょっと待ってね」

正人がズボンの尻ポケットから携帯電話を取り出し、ボタンを押すと呼び出し音が聞こえた。

「もしもし」飲み仲間の伊藤の声だった。地獄で仏の声を聞いたような心地だった。

「イトケンさん、今家かい？」

「ああ、そうですよ。何だい今頃。ひょっとして、吉田さんと『日の出屋』かい？　それとも、まさか一人で『サンセット』のママのところじゃやないだろうね？　抜け駆けは良くないよ。友達なくすよ！」

「違う違う、そんなんじゃないんだ。事件なんだよ、重大事件！　頼むよ、イトケンさん助けて。お願い」

いつもの、のんびりした声が返ってきた。

「何ですか、また、下着泥棒でもでましたか？」

「そんなんじゃないの。ともかく助けてよ。今すぐ三号棟の四〇六号室まで来てよ。お願いします。待ってるからね」

「ああ、分かりました」

電話が切れた。

正人はほっとして、携帯電話を元の尻ポケットに仕舞いながら女に向かって言った。

「今、英語のできる人が来ます」

「いま、ここへですか?」

女が男に英語で伝えると、男が白い歯を見せ「OK、カモン!」大きなジェスチャーで中へ入れという仕草《しぐさ》をした。

男に促されて正人は玄関で靴を脱ぎ、二人の後に従って居間へ入っていった。当たり前だが、居間は日本の何処の家庭でも見られるような家具が備えられており、男が立つと部屋の中が狭く感じられた。多分、大家の使っていた家具がそのまま残っているのだろう。

正人は、すすめられるままにソファーに腰を下ろした。女と男が台所に消えると、すぐに男だけが戻ってきた。手には缶ビールを抱えていて、その一つを正人の前に置き、「ビール、ドウゾ」と言って自分も蓋《ふた》を開け、口を付けると喉を鳴らして飲み始めた。

正人も遠慮がちに缶ビールに手を伸ばし、蓋を開けて一口ごくりと喉を鳴らして飲み込んだ。喉が渇いて口の中がからからだったので旨かった。つい、男のようにたて続けに半分以上も飲んでしまった。
男は二本目の缶の口を開け飲み始めると「One more ドウゾ」と言って正人の前のテーブルに缶ビールを置いた。
思わず正人の口から出たのは「サンキュウ」、英語だった。その後が続かなかった。目の前にいるこの黒人の男と、どうコミュニケーションをとればいいのか。そうだ、管理人からもらった借家人の届け出のコピーには、米国人で英語の先生と書かれていたのを思い出した。正人の口をついて出たのは英語だった。
"Are you American?"
"Oh, yes. We are from USA."
男が応えてくれたのに気をよくしてさらに続けた。
"Are you an English teacher?"
"Yes, ??????????. . . . "
それがいけなかった。男が立て続けにまくしたてる言葉に全くついていけなかった。何と応えていいか分からず、日本人特有の曖昧《あいまい》な笑顔を作るのが精一杯の返事だった。(奥さんでもいい、誰か助けてくれ。あー、イトケンさん早く来てくれ!)正人は心の中でひたすら祈るばかりであった。
女が台所から戻って来て、ポテトチップスとピーナッツの入った皿をソファーの傍のサイドテーブルに置いた。

正人は気まずさから救われた思いがして、作り笑顔で女に言った。

「あーどうも。すみません」

「どういたしまして」

女の使う怪しげな日本語でも、正人にとっては天女《てんにょ》の声に聞こえた。女に向かって言った。

「ご夫婦ですよね」

「そうです」

「お子さんは？」

「いません」

「日本に来て何年になりますか？」

「六カ月です」

他愛のない会話であったが、沈黙の息苦しさに比べれば天国のようだった。その間、男は二人の会話を理解しているのかいないのか、二人の顔を交互に眺めながら缶ビールを飲んでいた。

ピンポン、玄関の呼び鈴が鳴った。弾《はじ》かれたように正人が腰を上げた。（来た。イトケンさんだ）玄関に向かって突進したのは正人が誰よりも早かった。玄関のドアを開けると、立っていたのは伊藤だった。

「イトケンさん、待ってたよ！」

「ごめん、遅くなって」

正人の背後から女が言った。

「この人ですか？」

正人は振り向くと、後ろに立っている男と女に向かって言った。

「そうです。この人が伊藤さんです」

「はーい、こんばんは！」女が日本語で言うのに、伊藤は英語で応えた。

"Good evening! My name is Ito."

男が前に進み出て、伊藤にその大きな手を差し伸べ握手をしながら言った。

"I am Bob Westwood. Very nice to meet you. This is my wife."

男にすすめられ、伊藤も居間に向かい、今まで正人が座っていたソファーに腰を下ろした。必然的に、正人は男から遠くなった位置にずれて座る形になった。

伊藤は男との会話の中から、正人から説明を聞くまでもなく、問題点を把握《はあく》したらしく、自治会の規約の内容を説明し始めた。時々、女もその会話に口を挿むのだが、正人にはさっぱり分からなかった。でも、もう安心だった。思い出したように、半分くらい残っていた缶ビールに口を付けた。温くなっていたが喉越《のどご》しが心地よかった。何だか酔っ払った気がした。

三十分もいただろうか。いや、もう少し短いかもしれない。正人と伊藤は、外国人夫婦に見送られて四〇六号室を出て階段を下り始めた。口を開いたのは正人の方が先だった。

「イトケンさん、助かった。どうなることかと思ったよ。悪かったね、晩飯時に呼び出したりしてさ」

「ああ、構わないよ。でも、斉藤さんの電話口での話しぶりでは、何事が起こったのかと思ったよ」

「悪い悪い！　何しろ切羽詰《せっぱつ》まっていたからね」

「まあ、分かるよ。僕も初めて海外駐在した時にはいろいろ困った事に直面したからね。日本で暮らす外国人の気持ちはよく分かるよ」

「ともかく今日は有難う。これからも、何かあったら頼むよ。いつか、一杯奢《おご》るからさ」

「ああ、当てにしないでいるよ。……でもさあ、会話が成り立つ外国人ならまだいいよ。これが、中国人とかタイ人とかだったらお手上げだね」

話しているうちに階段の下まで来てしまっていた。防犯灯に照らし出された舗道は雨でも降ったのか黒く濡れていた。伊藤は三号棟の隣の階段だった。伊藤が手を挙げて言った。

「じゃあ、また」

「イトケンさん、悪かったね」

正人は、伊藤が三号棟の隣の階段を上って行くのを見届けてから、二号棟の方へ歩き出した。

(ああ、助かった。持つべきものは友達だな)

別棟にある集会所で管理組合の理事会が開かれていた。会議室にはいつものように、ロの字型に置かれたテーブルに八人が座っていた。正人と吉田が奥のテーブルに着き、ほかの六人が座る位置も前回と同じだった。窓は閉め切られていたが暑さは感じなかった。もうすっかり秋だった。

議事は二号議題に入っていた。議長の正人が手元の議案書を読み上げた。

「本日の第二号議題『修繕積立金の増額の件』ですが、お手元の資料を参照ください。先月の理事会の提案によりましてですね、組合員の皆さんにアンケートに答えてもらいました。その結果が纏《まと》まりましたので報告してもらいます」

正人がテーブルの向かい側に座っているH管理会社の若い男に向かって目線を送り、説明を促した。男が立ち上がろうとするのを、正人が手で制しながら「座ったままでいいですから」と言うのに、「じゃあ座ったままで」と言って資料の説明を始めた。

「えー、管理組合員の総数九十六戸全員にアンケートをお配りしましたが、提出期日の先週の木曜日までに回答くださったのは五十八人でした。ちょうど六割ですか。まあ、大体こんなもんですね……。その内訳は、六千円の増額に賛成が二十八人、増額に反対が十四人、意見保留が五人でした……」

正人の左隣に座っている副理事長の吉田が不服そうな声をあげた。

「何だ、五十八に足りないぞ」

Ｈ管理会社の若い男は慌てて言った。

「あ、すみません、続きがあるんです。えー、残りの十一人の意見はですね、多少のニュアンスの違いはあるんですが、つまり一遍に上げないで段階的に増額して欲しいというものでした。はいー」

正人が、若い男に軽く礼をして、「はい、有難うございました」と言ってから左右を見回し、続けた。

「今のアンケート結果についてどう考えたらいいでしょうね。賛成の数だけ言ったら二十八人ですよ。九十六戸のうちの、半分には程遠いですよね。皆さんどう思われます？」

応えたのは正人の右側に座っている田中女史だった。

「まあ概ね想像していた通りですわね。でも明らかに反対が十四人ですから、思ったよりは少ないんじゃやない」

理事の中では一番年配の川村が継いだ。

「儂等のような年金生活者には痛いけどな、値上げは。仕方がないか。……でも、できれば値上げして欲しくないというのが本音さ」

正人が頷きながら左右を見回して言った。

「他にご意見ありませんか？」

しばしの静寂の後、正人の席から一番遠くに座っていた若い村杉が低い声で言った。

「前にも言いましたけどね、どうしても値上げしないと拙《まず》いんですか。出来ればもう少し先にしてもらいたいんですけどね。駄目ですか」

副理事長の吉田が村杉の方を向いて言った。

「反対する気持ちも分かるけどさあ、いずれ大規模な修繕は要るんだよ。先延ばしすればするほど建物ってのは劣化するんだよ。下手をすると、ローンの残高よりも住居としての資産価値の方が低くなるってことも考えられるんだよ。違いますか？」

村杉が言う前に正人が応えた。

「その通りなんですけども……。えーと、まだ発言されていない方、常田さん如何ですか？」

隅の方から中年の男の声が聞こえてきた。名指しされた常田だった。

「まあ、銭《かね》が必要なのは分かるけどさあ、だからって直ぐに値上げってのはどうかな。例えばさあ、駐車場だよ！」

正人が訊いた。

「駐車場ですか？　どういったことでしょう」

「僕はねえ、ここへ来た時から言っているんだけど、ここの駐車料金は安すぎるよ。この辺の月極駐車場借りたら幾らだと思う。八千円は下らないよ。僕はハイツの駐車場に空きがないというから仕方なく近くの月極を借りているんだけどね。後で聞いたら、ここは三千円だって。ここには六十台分しかないから、それにあぶれた人は損をすることになっているんだ。これっておかしくない？」

「はあ……」正人も思ってもいなかった話の展開にどう応えていいか分からず、向かいに座っているH管理会社の若い男に救いを求めた。「管理会社さん、どうなんでしょう？」

H管理会社の若い男は、目の前にあるファイルに視線を落としながら言った。

「この話は以前も出たようでして。でも結局そのままになっていますね」

川村が話を継いだ。

「確か十年くらい前にもこの話は出たよ。その時の結論は、将来、車の所有者もだんだん減るだろうということでうやむやになったんだ。実際、今何人くらい外部の駐車場を借りてるんだい。誰か知ってるかい？」

「はい、えーと……」H管理会社の若い男がファイルを捲ってから応えた。「ハイツの駐車場の空きを待っている人が、今日現在で十人います」

「そーれみろ」常田が大きな声を出した。

「いやそうかもしれんけどな……」川村が、常田の方を見てそして正人に向かって言った。

「これからはこのハイツも高齢者が増えるんだよ。儂みたいに運転免許を返上する人も出てくるよ。違うかね？」

正人が応えようとするのを遮《さえぎ》るように、若い村杉が手を挙げた。

「いや、違うと思います。高齢者が出て行った後に、若い家族が入ってきています。私もそうですけど、夫婦共稼ぎなんです。働く場所によっては車でないと通えないんです。だからできたら夫婦で二台必要なんですよ」

「そうかもしれんな」吉田が頷いた後、胸の前で腕を組み前を向いたままで言った。「今でも潜在的にはウェイティング・リストに載ってない需要があるのかもしれないな。そもそも、駐車スペースを広げられないのかよ。俺は前から思っていたんだけどさ。中庭のスペース、植栽は触らないとしたって、芝生の部分を駐車場に換えたって緑化率で問題にはならないと思うよ。もっとも、木だって切ったっていいんだけどな。管理会社さん、どうかね？」

「はい、緑化率は十分余裕がありますから問題はないと思います。ただ、植栽に手を付けたり芝生をアスファルトに変えるのには反対の人もいますでしょうから。何とも申し上げられませんです。はいー」

吉田が続けた。

「そりゃそうだ。植栽に手を付けないでも、前と後ろの十五メートルを二カ所、芝生を削ってアスファルトを張るんだよ。下に十センチくらい砂利を入れれば何とかなるだろう。それだと業者に頼めば、百五十万もあれば出来るだろうよ。どうかね、管理会社さん？」

「そうですね、地下の埋設物の位置も調査してみないと分かりませんが。皆さんが検討しろというんであれば、はいー」

「問題ないよ。あそこはガス管も水道管も通っていないしな。見積もりだって、間違いないよ」吉田が笑いながら続けた。「こう言っちゃあ何ですが、私、伊達《だて》に四十年も土建屋に勤めていたんじゃないんですよ。はいー」嫌味《いやみ》のつもりか、語尾のところだけH管理会社の若い男のまねをした。

「それっていいアイデアですね。それだと十五メートルが二カ所だから、駐車スペースが十台分増やせますね。えーと、……」村杉が話しながら頭の中で何やら計算している様子だった。「凄い！　十台分で六千円だと六万円。それに、既存の駐車料金を世間並みに六千円にして三千円値上げすると、十八万円。都合月額二十四万増えるんですよ。これって、修繕積立金の増額を六千円から四千円に減額した時の、二千円掛ける九十六戸、十九万二千円を十二分にカバーできるんですよ。これいいですね」

「あんた、コンピューターみたいな人だね」吉田が村杉に言った後で、正人の方に顔を向けて続けた。「理事長さんどうしますかね？」

正人が腕時計をちらっと見やり、この辺でまとめなければと思った。

「えー、大変建設的なご意見も出ましたし時間もあれですので、纏めに入りたいと思います。先ず前回のアンケートだけでは結論を出すのは難しいと思います。それでですね、管理会社さん、今日の駐車場の増設の件を検討していただけますか。その結果を受けましてですね、もしやるのなら、また組合員の皆様にアンケートを取りたいと思います。それでどうでしょうか？」

正人の問い掛けに「賛成」「異議なし」の声が上がった。

「じゃあ、次の議題に移ります。えーと、報告事項ですね」正人が資料を捲って続けた。「これは自治会の範疇《はんちゅう》なのですが、管理組合にも関係しますので申し上げておきます。最近、このハイツにも非居住の組合員が増えてきましてね、そこを借家にしているケースが見受けられます。居住者が変わる場合、管理組合に届けるようになっているんですがどうなっていますかね、管理人さん？」

正人の問い掛けに、管理人が予め用意していたのか、メモを見て応えた。

「えーと、今日現在届け出が有るのは八軒です。正直、これで全部かは分かりません。ああ、それから、部屋を空けたままにしている組合員が一名居ります」

「はい、有難うございました。居住人が変わっても届けを出さない人もいるかもしれませんので、もう一度組合員には徹底させなくてはいけませんですね」

川村が何か心当たりがあるのか、大きな声を上げた。

「そうなんだよ。この前もゴミを出しに行ったらゴミ置き場で鉢合《はちあ》わせをしたよ。びっくりしたな、見たことのない黒人の大きな男が居たんだ。『お早うございます』と言われてさ。あれ誰なんだよ？」

正人が応える前に吉田が川村の方に身を乗り出して言った。

「三号棟に越してきたアメリカ人だよ。で、川村さん何て応えたんだ？」

「えっ、あまりにびっくりしたからさ、咄嗟《とっさ》に『お早うございます』って言ったよ」

吉田が笑い声で言った。

「ははは、いいじゃないの。そのアメリカ人、美人の奥さんと一緒だって。俺は会ったことないけどさ」

男たちの会話に何かを感じたのか、田中女史が不満げな顔をして言った。

「先日、三号棟の階段のところで会ったわよ。その奥さんに。彼女日本語も出来るみたいだったし、確かここの中学校の英語の先生とか言っていたわ。別に怪しい人たちではないんじゃない」

自分が非難されたと思ったのか、直ぐに川村が反論した。

「儂は怪しい人間だなんて言っとらんよ」

「決して怪しい人たちじゃありませんから」正人が慌てて言った。「そうです、ウエストウッドさんというアメリカ人のご夫妻です。届け出もちゃんとされていますから」

少しの沈黙があり、正人がこの辺でこの話を打ち切ろうと思っていた頃、隅の方から声が上がった。常田だった。

「さっき、管理人さんが八軒っていったけど、どうかな。潜《もぐ》りでもっと居るんじゃないの。今は居なくともさ、わけの分からない外国人がそのうちわんさか入ってくるんじゃないのかな。中国人とか、バングラや中近東の人間だとかね。そういう連中が、このハイツでうろうろされたら堪《たま》らないよな。皆も嫌でしょう。揉め事が起こるかもしれないしさ……そういうの何とかならないんですか？」

「何とかって言ってもね……」正人が言ってしまってH管理会社の若い男に目を向けた。「どうなんですか？」

「そうですね、これは難しい問題ですね。個人の所有権、民事上の問題になりますから。勿論、近隣の住民に迷惑をかけるとか、規約を守らないとかした場合は別ですがね」

常田が続けた。

「だけどさ、よく聞くじゃない。一軒の家に五人も六人も押し込んで生活している外国人の話。大体そういう連中不法労働か不法滞在なんだよ。やっぱり治安上も良くないよ。そもそも、何でこんな連中を野放しにしているんだよ」

村杉が話を継いだ。

「そうですね、街でもよく外国人を見かけますね。見かけるだけじゃなくて、電車に乗ったら日本人だとばっかり思っていたら、聞こえてくるのは中国語だったり韓国語。どうなっているんですかね。こんなに外国人が増えたら私ら若者の仕事が無くなってしまいますよ。おまけに給料はちっとも上がらないし」

吉田が足を前に投げ出し、胸の前で腕を組み、天井を睨みながらどすの利《き》いた低い声で言った。

「そう言ったわけでもないさ。３Ｋ職場じゃ日本人の若者は働かないのよ。サービス業だってそうだ。日本じゃそういう人たちが必要なのよ。技術習得の実習生とかなんとか言っちゃって、皆で安くこき使うのさ。政治家やアメリカかぶれの経済学者は、外国人労働者をもっと受け入れろって堂々と言ってるよ。どうするのかね」

「私の小学校にも、日本語のできない外国人の子供たちがいるわ。外国人だって、子供には教育を受ける権利があるのよ」田中女史だった。

正人には、このまま放っておくと話がどんどん拡散してゆきそうに思えた。腕時計を見ると十二時だった。

「えー、時間も来ましたのでこのくらいにしたいと思います。次回は来月の第四週の日曜日、午後の一時からということで。管理会社さん、宿題の方よろしくお願いします。それではどうも」立ち上がって頭を下げた。

隣に座っていた吉田が、立ち上がり正人の耳元に囁いた。

「『日の出屋』だよな。何時からにする。四時にするか？」

「うん、いいよ。彼らに連絡してくれる」

「了解。サイチェン」

吉田も皆の後を追って玄関に向かって歩き始めた。

正人が声をかけた。

「あ、田中さん！　すみませんがちょっと」

田中女史が立ち止まり、そして振り向いた。

「えっ、私ですか？」

「そうです。ちょっとお時間をいただけませんか」正人も歩みを進め田中女史の傍に立った。

田中女史が訝《いぶか》しげに正人の目を見つめて言った。

「何でしょうか？」

「いや、大したことではないんですが……」見つめられた瞳が眩しくて目をそらして言った。

「実は最近、このハイツに福島から引っ越してきた男の子が居るんですがね。四号棟の四〇五号室の久保田さんですが、義則という名前です。多分五年生だと思います。震災の被災者なんですよ。田中さんがお勤めの小学校だと思うんですが、ご存知ないですか？」

首を傾げながら田中女史が応えた。

「さて、どうでしょう。私の学年とは違いますし。で、何か気にかかることでもありました？」

「ええ、先日の午後、下校時だと思いますが、久保田君が同じくらいの子供たちに虐められていたんですよ。放射能が付いているって言われてね」

顔を上げた正人の目をその大きな目で見つめ返し、田中女史が声を荒らげて言った。

「何ですって？　放射能！　そんな酷いことを言ったんですか。許せない！　断じて許せないわ」

田中女史の凛《りん》とした顔が眩《まぶ》しかった。

「お願いします。久保田君のお父さんはまだ向こうで働いているみたいでね、お母さんしか居ないようなんですよ」

「原発事故からの避難者ですか。新聞やテレビでの話だとばっかり思っていましたけど、現実に私たちの周りにもあるんですね。……分かりましたわ。もし、うちの小学校の話だったら、明日早速校長先生に報告して職員会議に掛けていただきます」

正人が軽く頭を下げて言った。

「じゃあ、この件は宜しくお願いします。でもこういう子供同士の虐めって難しいのでしょう」

「そうなんです。一方を叱っただけでは根本的な解決にはならないんですよね。だからと言って、道徳の時間を増やせば良いと考えるのは、文科省の役人や一部の政治家だけですよ。それでなくても教育の現場は大変なんです。でも、学校が虐めを見過ごすことは許されませんから」

「まあ、こういう問題は大人の社会でも同じでしょうがね。一番の解決は早く友達を作ることでしょう。久保田君、野球チームにでも入れるといいんですけどね」正人がちらりと腕時計を見る仕草をして言った。「お引き止めしてすみませんでした」

田中女史が「失礼します」と言って頭を下げ玄関へ向かって行った。残された正人は、その後ろ姿が玄関を出て見えなくなるまで立ち尽くしたままだった。下心があったわけではないが、何だか二人だけの秘密が出来たようで、心がときめいた。

『日の出屋』にはまだ暖簾《のれん》が掛かっていなかった。正人がその引き戸を開けたのは、丁度午後の四時だった。中は窓から差し込む西日のせいか明るかった。カウンターに座っていたのは吉田だった。

カウンターの中から威勢のいい声がした。『日の出屋』の主人、大将だった。

「いらっしゃい！」

「こんちは！」正人が吉田の隣に腰を掛けて言った。「他の二人は？」

吉田が、おしぼりで顔を拭く手を止めて言った。

「多分もうすぐ来るよ。二人とも」

正人も出されたおしぼりで手を拭きながら、吉田のカウンターの前に何も置かれていないのを見て言った。

「喉が渇いたね。ビール先にやろうよ」

「いいね！　大将、取り敢えずビールだ」

女将が居ないのか、大将がカウンターの中から手を伸ばしてビール瓶とグラスを二つ置いた。

「はい、ビール。摘《つま》みは何か？」

「後で二人が揃ったときに頼むよ」吉田がビール瓶を手に取り、先に正人のグラスに注ぎ、そして自分のグラスにも満たし終えると、大将に言った。「そうだな、枝豆ぐらい頼むか」

「枝豆ね。斉藤さんは？」

「僕も枝豆」正人はグラスを吉田に向けて軽く上げる仕草をした。「ご苦労さん。乾杯！」

吉田もグラスを上げてそれに応え、口に運ぶと一気に飲み干した。今度は正人がビール瓶に手を伸ばし、空になった吉田のグラスにビールを注いだ。

「あー、サンキュウ」吉田が満たされたグラスを手に取り、今度は半分ぐらい飲んでカウンターに置いた。「会議の後のビールはいつ飲んでも旨いね」ニヤリと笑って続けた。「ところで、田中女史とは何の話だよ？」

正人は予期していなかった問い掛けに、ドキッとしてビールを飲む手を止めた。

「別に、大したことじゃないんだ」

吉田がなおもニヤニヤしながら続けた。

「そうかい？　しかしな、密室で魅力的な熟女と二人きりだからな。イトケンさんでなくても興味がわくぞ」

正人は顔が赤くなるのが自分でも分かった。心の動揺を隠すように、口をとがらせて言った。

「そんなんじゃないんだ。最近四号棟に引っ越してきた久保田って子供が居るんだ。福島から引っ越して来たっていうんだけど、同級生達に虐められてるのを見たんだよ。それで、学校の方で何とかしてくれって頼んだんだ」

吉田が不満そうな口ぶりで言った。

「ふーん、それだけかよ？」

「そうだよ。ただそれだけだよ」

「何だ！　つまんないの。てっきり俺は、斉藤さんも隅に置けないなと思ったんだけどさ。彼女なかなか魅力的だしさー、……遠慮することは無いんだぜ。まあお互い、もう一花咲かせても良いんじゃないの」

「うん、まあな。でも田中女史とは別だぜ。彼女とは何もないんだからな」

むきになって否定する正人に、ちょっとからかい過ぎたと思ったのか、吉田がはぐらかすように笑いながら言った。

「ああ、分かった。冗談です！」

大将がカウンター越しに枝豆の入った器を二人の目の前に並べ、「何の話？　面白そうだけど」右手の小指を立てて声を潜めて言った。「女かい？」

吉田が枝豆に手を伸ばし口元へ運びながら応えた。

「そう、女。お互いに、もう一花咲かせたいねって話さ」

大将がすかさず反応した。

「女ね！　俺もそうしたいんだけどさ、あっちの方が言うことを聞かないんだわ」

正人も食べ終えた枝豆の殻を皿に置き、もう一つ新しいのを摘《つま》んで言った。

「あっちって、あっちの事かい。大将、マムシ酒とハブ酒はどうしたんだい。あれって効かないのかい？」

女将さんが店の奥にでも居るのか、「ハブ酒かい？　そんなことは無いさ。まあ、相手によるってことかな」大将の声が一段と低くなった。

ガラガラと引き戸を開ける音がした。入って来たのは、伊藤と大田だった。

「やあ、遅くなっちゃって」と言って伊藤が正人の隣に座り、大田は黙ってその外側に腰を下ろした。

「いや、俺たちも今来たばかりさ」

吉田の声を追いかけるように、大将が声をかけた。

「お二人ともビール？」

返事を聞くまでも無くビール瓶の栓が抜かれ、二つのグラスと共にカウンターに並べられた。

大田が伊藤に、伊藤が大田のグラスにビールを注ぎ、各々のグラスが満たされると、「じゃあ！」「乾杯！」「かんぱい！」「おつかれ！」いつもの宴会の始まりだった。

ビール瓶が幾本か空になると、それぞれ、お気に入りのアルコールを勝手に注文するのがいつもの飲み方だった。摘みや肴は大将にお任せだった。

正人の定番は麦焼酎のお湯割りだった。グラスを口に運び、隣の伊藤に話しかけた。

「イトケンさん、この間は助かったよ。その後どうだい。何かあったかい？」

訊かれた伊藤は焼き鳥を頬張りながら言った。

「ああ、あの後に何回かね。まあ、大体ここの生活は分かったみたいだね。しかし、外国人には住みづらいと思うよ、日本は」

「そうだろうね、日本語が出来なくちゃあどうにもならないよな」正人が相槌をうった。

「でも、僕も海外で暮らしたときに地元の人に世話になったからね。お互い様ですよ」

横で聞いていたのか、二人の会話に吉田が口を挿《はさ》んできた。

「イトケンさんの親切なのは、他にも理由があるんじゃないのかい？」

「えっ、他にもあるのかい？」正人が吉田の方を見て、それから伊藤の方を見ながら言った。

「イトケンさんまさかね？」

伊藤がすました顔で応えた。

「いや、純粋な隣人愛《りんじんあい》ですよ。『爾《なんじ》、隣人を愛せよ』って言うでしょう。ボランティア！」

「何がボランティアだ。俺はそのアメリカ人の奥さんを見たことがないけどさ」吉田が伊藤の方に身を乗り出して続けた。「イトケンさん、その奥さんナイスバディだっていうじゃないか。お主、好みじゃないの？」

「へへー、そうなんです。魅力的ですね。中米の情熱的なルンバかサルサでも踊ったら最高でしょうね」

「そうらみろ！」吉田が笑いながら言うと、皆も笑った。当の伊藤も笑っていた。

女将が奥から出て来て言った。「何、いいことがあったの？」ニヤニヤしたみんなの顔を見て、

「何よ、ニヤニヤして！ イトケンさんの話じゃ、どうせHな話でしょう」

すかさず吉田が応えた。

「残念でした、外《はず》れ！ 今日はね、イトケンさんの人助けの話。本当だぜ。キリスト教の教えに則《のっと》った隣人愛の話だってば」

女将がカウンターの空き皿を片付けながら言った。

「ふーん、どこぞの素敵な奥さんを助けたって、ありがたーい話かい？ キリスト様が聞いたら呆《あき》れるわ！」

「女将さん、どうしてわかっちゃうの？ 地獄耳《じごくみみ》の観音様には敵《かな》わないわ！」吉田の言葉に皆が笑った。

女将が暖簾を外へ掛けに出て行った。柱時計が五時を告げていた。

「大将、テレビ点けていい？ 相撲見たいんで」吉田が腰を上げてテレビを点けた。

ニュースの時間なのか、アナウンサーのバックにはどこかの街の映像が流れていた。新宿か渋谷なのか、定かではないが高層ビルの林立する繁華街であった。その谷間の大きな通りに街《がい》

宣車《せんしゃ》を先頭に数百人が続くデモであった。誰の手にも日の丸の小旗が打ち振られ、街宣車には大きな旭日旗《きょくじつき》がはためいていた。デモの周りを制服の警官が取り囲んでいた。

画面からアナウンサーが消え、デモの現場からの映像がライブで映し出されていた。音声が捉《とら》えられていた。「朝鮮人は出て行け！」「シナ人を入れるな！」「×××をぶっ殺せ！」それらは明らかにヘイトスピーチだった。普通の人の感覚では聞くに堪《た》えない言葉であった。

皆の視線がテレビの画面にくぎ付けになっていた。それは今までに見たことのない異様な光景だった。

最初に言葉を発したのは吉田だった。

「何だよこれ。何なんだよあいつ等！」

画面はデモ隊の参加者をアップで捉えていた。若者や中年の男たちに交じって女性もいた。街宣車に取り付けられたスピーカーは、聞くに堪えない言葉を、シュプレヒコールとしてがなり続けていた。それに合わせて、参加者達の拳《こぶし》が一斉に突き上げられるのだった。

「最近こういうの多いんだよ」伊藤がテレビから目を離し、カウンターの中に向かって訊いた。

「大将、S市のサッカーの試合でもあったの知ってる？　観客が騒いだの」

大将が注文の秋刀魚《さんま》の塩焼きに添える大根をおろしながら、ちらりと伊藤の方に目をやって応えた。

「この街のサッカーのサポーターにも居ますよ。時々、サッカーの試合の流れなんだか、この店にも来ますよ。あれなんて言うの。昔の海軍の旗みたいの持ってね」

「それ旭日旗だよ」吉田が飲み干した冷酒のコップをカウンターにカタンと音を立てて置いた。

「今の若い奴らには、旭日旗の意味も分からんだろうにな。ゲームや漫画の世界しか知らんくせによ」

テレビの画面は、いつの間にか大相撲の中継に変わっていた。

正人が焼酎のお湯割りのグラスを傾けながら静かな声で言った。

「ヘイトスピーチのように特定の人達を攻撃するのは、若者とは限らないんだ。どちらかというと中年のおじさん達に多いんじゃない」

伊藤が出された秋刀魚の塩焼きに箸をつけながら言った。

「人種差別や民族差別は嫌だね。……僕は海外生活が長かったから言うけど、何処へ行っても実はそのことが最初に頭に浮かぶんだ。誰だって、コンプレックスはあるからね。まあ幸い、僕は、あまり嫌な思いはしなかったから良かったよ」

「えっ、イトケンさんにもコンプレックスがあるんですか?」吉田が口元に笑いを浮かべて続けた。「あっちの方は、相当自信がおありだと聞いていますがね」

「まあ、それほどでもないですけど!」

伊藤のひょうひょうとした言い方が可笑《おか》しくて、皆は声を上げて笑った。

笑い声が消えたころ、それまで、黙って熱燗《あつかん》の杯を傾けていた大田がぼそりと言った。「家の息子どうしているかな、インドで」

正人が身を乗り出して、伊藤の左隣に座っている大田に言った。

「大ちゃんのところの息子さん、健児君だよね。家の晃と同級生だった。今、インドに居るのかい？」

「ああ、日系企業の現地工場で働いてる。インドの田舎でね。グジャラート州とかいったけど、何処なのかな」

「へー、えらいな。治安も悪いし、食べ物だって日本食は無いだろうしね」

二人のやり取りに吉田が加わった。

「実はな俺も二十代の頃、インドネシアのカリマンタンの奥でダム工事の現場に二年間居たんだ。さすがにその昔の飯場ほどではなかったけど、酷い宿でな。でも今になってみれば良い経験さ」

正人には初耳だった。

「えっ、吉田さんも海外経験があるんだ」

「ああ、俺も一応土建屋で働いていた技術屋だからね。でも一回こっきり、イトケンさんとは違うよ。……それから日本のゼネコンが海外工事取らなくなってさ、分かるだろう。日本人の人件費が高すぎてね。それよりも何よりも、そんな過酷なところへ行く人間がいなくなっちゃったのさ。国内だって同じだけどね」

「そうだよな。３Ｋ職場じゃ働き手が居ないよな。農業だって、漁業だってみな同じか」正人が焼酎のお湯割りのグラスを掌《てのひら》で弄《もてあそ》びながら話を続けた。「しかし、今日の理事会の話じゃないけど、そのうちに、うちのハイツにも外国人がわんさと押しかけてくるのかね。そうなったら、正直堪らんね」

吉田が相槌を求めるように伊藤に向かって言った。

「そうなるかもしれんよ。なあイトケンさん！」

「しかしね、そうなると困るよ。僕は中国語もインドネシア語もヒンディー語も話せないからな。まあ、ヒスパニックは良いけどね」

「ヒスパニックって、中南米の女だろう、イトケンさんの趣味は。ついでにフィリピーノは如何ですか？」

吉田の言葉に皆が笑った。

七

朝の空気が心地よかった。正人が階段下の郵便受けから朝刊を取り出したところだった。上の方から階段を駆け下りる足音がして、視線を向けると、中学の制服を着た男の子が現れた。

「お早うございます」

挨拶をしたのは、確か一階下の林家の子供のはずだった。

「ああ、お早う。気を付けて行ってね」

走り去る男の子の後ろ姿を目で追っていた。コツコツという靴音が上から降ってきた。振り仰ぐと、中年の男が階段を下りてくるところだった。男が先に頭を下げた。正人の向かい側に住む山田である。

「お早うございます」

「ああ山田さん、お早うございます。涼しくていいですね」

正人が小脇に新聞を抱え階段を上り始め、二階の踊り場に差し掛かった時だった。救急車のサイレンが聞こえてきた。立ち止まると、ピーポー・ピーポー、その音がどんどん大きくなり近づいてくるのが分かった。そうしている間に、見下ろす目の前を真っ白い救急車が通り過ぎ、四号棟の前で停まるのが見えた。ここからでは遠くてよく聞こえなかったが、誰か中年の女性が車から降りてきた救急隊員に向かって、何かを告げているようだった。

正人は新聞を右手に持ちなおすと、階段を駆け下りて行った。サンダルのパタパタという音が周りの壁に響いていた。救急車の停まっている階段の下に辿り着くと、上の方から緊迫《きんぱく》した声が聞こえてきた。てきぱきした救急隊員の声に雑じって女性の声もした。

二人の救急隊員に担がれた担架が見えてきたのは、正人が階段を上りかけた時だった。絶妙のバランスで踊り場を潜り抜け、担架が下りてきた。正人は慌てて路を開けた。担架に横たわっていたのは頭の禿げあがった男性だった。顔が苦痛で歪《ゆが》んでいた。男の名前を思い出そうとしたが思い出せなかった。

担架について下りてきた女性が正人に声をかけた。

「理事長さん！　丁度良かった。家の向かいの鳴海《なるみ》さんが倒れたのよ」

「えっ、鳴海さんが？」

正人はもっと詳細《しょうさい》を訊きたかったが、女性との会話はそこまでだった。救急隊員が担架を救急車に搬入し終え、女性に向かって言った。

「鳴海さんを今からN市中央病院に救急搬送いたします。その後の問い合わせは病院とやってください」

女性が頭を下げ「よろしくお願いします」と言うのに合わせ、正人も頭を下げた。助手席に乗った隊員が窓ガラスを下げ「じゃあ失礼します」と言ってヘルメットの縁《ふち》に手をやった。

救急車は来た時と同じようにサイレンを鳴らしながら去っていった。正人も女性も、救急車がハイツの角を曲がって見えなくなるまで見送っていた。見上げれば、あちらこちらの窓やベランダから、ハイツの住人たちが何事かと顔を覗かせていた。

正人が改まって女性に声をかけた。

「えーと、失礼ですがどちらさまでしたっけ？」

「あーら、お忘れですか」女性が招き猫のように右手首でスナップを利かせ、人を叩く真似をして言った。「四〇三号室の横道ですわ。以前お会いしたじゃありませんか」

「ああ、そうでしたね。横道さんの奥さんですね」正人は愛想笑いを浮かべながら続けた。

「倒れられたのは四〇四号室の鳴海さんですか？　で、どうなさったんですか？」

「それがね、聞いてくれる。主人が出かけた後でね、ルンちゃんを散歩に連れ出そうとしてたのよ」

「はあ、ルンちゃんですか？」

正人の気の抜けたような表情に気が付いたのか、横道夫人が慌《あわ》てて言った。

「あら、ごめんなさい。ルンちゃんて子犬の事よ。そうしたらね、お隣の玄関のドアが開いていて鳴海さんが倒れて呻《うめ》いていたのよ。私びっくりしちゃって、どうすればいいか分かんなくて。ほんとよ！」

「いや、分かりますよ。奥さん」正人が大きく頷くと先を促すように言った。「それで？」

横道夫人は両の手を胸の前で合わせ、その時の緊迫感《きんぱくかん》を思い出させるように体を震わせながら続けた。

「そこよ！　鳴海さんが身体をくの字に曲げて、胸のあたりを両手で押さえて呻いていたの。それでともかく救急車だと思ってね、大急ぎで家の電話から一一九番したのよ」

「なるほど、なるほど。ところで、横道さんのお宅ではお向かいの鳴海さんとお付き合いがありましたですか？」

「全然《ぜんぜん》！　確か五、六年前に越してきたのよ。その時だって引っ越しそばどころか挨拶だってなかったわ。見た限りは独り者ね。理事長さんは鳴海さんのことご存知ですの？」

「いや、私も話したことはないですね……」正人は話しながら、また嫌な予感が頭をよぎった。「ここの階段で、どなたか鳴海さんと親しい方は居ませんですかね。鳴海さんの症状《しょうじょう》が軽ければいいんですが……」

横道夫人も、正人の言葉に何かを感じ取ったのか、途中から不安そうな声で言った。

「どうかしら、居ないんじゃない。……私、消防署に電話した時、家の電話番号と住所と私の名前を言ったのよ。何かあったら病院から私のところへ知らせが来るのかしら」

正人は相手の心の変化を敏感に察知して、穏やかな声で言った。

「まあそういうことになるかもしれませんね」

しかし、それは無駄のようだった。

「どうしましょう！　いやだわ、私も主人も鳴海さんとは縁《えん》も所縁《ゆかり》もないのよ」話しているうちに、横道夫人が事の重大さに気づいたようで、正人に真剣な声で言った。「ねえ、理事長さん、もしもの事が有ったらどうするの。私たちは関わりたくないわ」

正人は相手を刺激しないために努めて明るい声で言った。

「まあ、軽症かもしれませんですよ。いや、きっとそうだ。奥様の機敏《きびん》な処置が功を奏《そう》しましてね。これは表彰物《ひょうしょうもの》ですね」

正人の慰《なぐさ》めの言葉が効いたのか、横道夫人の声音《こわね》が変わった。

「そうよね！　きっとそうだわ」

「ともかく、病院から連絡が有ったらハイツの管理人さんか僕のところに知らせてください。宜しいですね」

「はい、理事長さん。その節にはよろしくお願いします」

横道夫人はそれだけ言うとそそくさと階段を上って行った。

正人には、その後ろ姿が面倒には関わりたくないことを、精一杯身体で告げているように思えるのだ。

(分かるよ。俺だって関わりたくはないのさ。もう面倒はごめんだぜ！)


正人が向かった先は管理人室だった。管理人の勤務時間は、平日は朝の八時からだった。管理人室のドアが開いていた。

正人が外から声をかけた。

「お早うございます。管理人さんいますか？」

「はーい」顔を出したのは管理人の大島だった。「ああ、理事長さん、お早うございます」

正人は心の中で、管理人にとって理事長の朝一番の来訪が迷惑に違いないと思いながら言った。

「ちょっとだけお時間、良いですか？」

「ええ、勿論です」管理人の声音も、その表情もいつもと同じだった。「さあ、中へお入りください」

正人がスリッパに履き替えて管理人の後に続いた。

部屋に入ると管理人が振り向いて、壁際に立て掛けてあるパイプの折畳み椅子を指さしながら言った。

「そこの椅子に座ってください。今お茶を入れますから」

「いや、構わないでください。話はすぐに終わりますから」

「えっ、そうですか」管理人が自分の事務机の前の椅子を回し、正人に向き合うように座った。

正人が言った。

「今朝、ちょっとした事件がありました。管理人さんの耳に入れておいた方が良いだろうと思いましてね。実は、七時半ごろでしょうか、救急車のサイレンが聞こえまして外へ出てみますと、それが四号棟の前に停まりましてね……」

管理人は、正人が話し終わらないうちに、身を乗り出すようにして言った。

「えっ、このハイツの住人ですか、急患は？」

「そうなんですよ。四号棟の四〇四号室の鳴海さんをご存知ですか？」

管理人はちょっと考えるふうに首を傾げながら言った。

「鳴海さん？　名前は知ってますが、お会いしたことがあるかどうか。で、救急車で運ばれたのは鳴海さんなんですか？」

「ええ、お向かいの四〇三号室の横道さんの奥さんが偶然に鳴海さんが倒れているのを見つけましてね、消防署に通報してくれたんですよ」

「それはどうも。で、鳴海さんはどんな具合なんですか？」

「そこなんですよ、管理人さん！」今度は正人が身を乗り出す番だった。「軽症だったらいいんですが、万が一ということもありますのでね……」

「万が一……」口に出してから、管理人も気が付いたのか真剣な眼差しで続けた。「確か、この方独り者でしたね」

正人が相槌を求めるように言った。

「でしょう。ちょっと緊急連絡先を調べてくれませんか」

正人の話が終わらないうちに管理人は立ち上がり、キャビネットから『四号棟』とラベルの貼られた青い背表紙のファイルを取り出し、自分の机の上でペラペラ捲りだした。

やがて該当のページが見つかったのか、「これですね」と正人の方にファイルを向けた。

それは鳴海が提出した緊急連絡先であった。二人は頭を突き合わせてその書類を目で追っていた。最初に声を発したのは正人だった。

「連絡先、一人しか書いてありませんね」

管理人がそれに応えた。

「そうですね。一応、二名書くことになっているんですがね」

正人がその先を指でなぞりながら言った。「この緊急連絡先の花田さん、本人との続柄が会社の同僚ですって」書類から目を離し管理人の顔に目をやり、さらに続けた。「普通は親子兄弟を指定しますよね。……つまり、天涯孤独《てんがいこどく》ってことですか」

管理人が顔を曇らせ、不安そうな声を発した。

「理事長さん、さっきの話だけど、万が一の時はどうするんですかね？　私もまだそういう経験ないんですがね」

「お宅のH管理会社さんにはノウハウがあるんじゃないの？　……訊いても無駄か。そのために緊急連絡先を出してもらってあるんだからね」

管理人が縋《すが》るような目をして言った。

「じゃあ、何かあった時にはこの花田さんに連絡するしかないんですね」

「まあ、そういうことですかね」正人は言ってしまってから、管理人のしょんぼりした顔を見て、とりなすように続けた。「管理人さん、万が一とは限りませんからね。大丈夫でしょう。明日あたり退院してきますよ」

管理人は正人の方を見ないでぼそぼそと呟いた。

「そうですか、そうだといいんですがね……」

翌朝だった。突然、居間にある電話が鳴った。

受話器を取ったのは妻の夕子だった。

「はい、斉藤ですが。……──主人でございますか？……」

不安に駆られた正人は、夕子が応える前に、その手から受話器を取り上げてしまっていた。

「斉藤です」

「あ、理事長さんですか？」

管理人からの電話だった。いつもは冷静な管理人だったが、今朝は心なしか上ずった声であった。

それにつられて、正人も身構えてしまっていた。

「ああ、お早うございます。管理人さん、何でしょうか？」

案の定、受話器を通して切迫《せっぱく》した声が伝わってきた。

「理事長さん、大変です！　万が一が起きちゃったんですよ」

応える正人の声も大きくなっていた。

「えっ、何ですか、何が大変なんですか？」

管理人は悲鳴のような声を上げた。

「鳴海さんですよ！　鳴海さんが亡くなったんです。理事長！」

「えーっ、亡くなったんですか、鳴海さん！」正人は受話器を耳にあてがったまま暫く次の言葉が出なかった。それでも、気を取り直して言った。「管理人さん、今、管理人室ですね。今からそちらに行きますよ」

正人は、相手の返事を聞く間もなく電話を切ると急いで部屋を出た。夢中で階段を駆け下りると、一番下の段で足を踏み外しそうになった。集会所の玄関で靴を脱ぐと裸足のまま突進し、管理人室のドアをノックもせずに開けた。管理人が自分の事務机の前に立っていた。

「あっ、理事長さん！」救われたような声だった。

もどかしげに正人が訊いた。

「鳴海さんが亡くなったって本当ですか？」

「本当なんですよ」管理人の声も上ずっていた。「さっきN市中央病院から電話がかかってきて、今朝早く、鳴海さんが亡くなったという知らせがあったんですわ」

「はあ、本当に亡くなった！」正人は口から出た自分の言葉の意味を噛《か》みしめていた。暫《しば》くして、脳の毛細血管に血が巡ってきたのか、新たな疑問が口をついて出た。「で、N市中央病院はどうしろと言っているんです？」

漸《ようや》く管理人も落ち着きを取り戻したのか、いつもの声で応えた。

「実は、病院は最初に横道さんのお宅に連絡したらしいんですがね、自分たちは関係ないと断ったみたいなんですよ。それでこっちに回ってきたんですかね」

正人が頷きながら言った。

「まあ、それはそうでしょうね。病院としては、他に連絡の取りようがないんだから……」

「理事長さん、こういう場合どうしたらいいんですかね？」管理人の声には、戸惑いと不安が混在《こんざい》しているように聞こえた。「すべて管理人が対応しなければいけないんですか？」

正人は、それには応えなかった。管理人の気持ちが分からないではなかったが、自分だって、こんなことに巻き込まれたくないと思っているのだから。

そんな胸の内を顔には出さず穏やかに言った。

「それで病院は何と言ってきたんですか？」

「ええ、遺体をこのまま預かっておくわけにはいかないから、直ぐに引き取れっていうんですよ。どうしましょうね？」管理人は、言ってしまってから更に不安そうな顔をした。

「引き取れと言われてもねー……」正人にだって考えがあるわけではなかった。腕組みをし顎を撫でながら言った。「兎も角、緊急連絡先の人に連絡を取ってみようよ」

管理人が、昨日のファイルをキャビネットから取り出し事務机の上に広げて置くと、該当する箇所を指さしながら正人に告げた。

「花田真一さん、連絡先が会社と自宅の二カ所になっていますね」

正人も広げられたページを覗き、そして腕時計を一瞥《いちべつ》してから言った。

「そうだなー、今日は平日だし、会社に電話してみますか」

正人が管理人の事務机の上に置かれた固定電話のプッシュボタンを押し、受話器を耳に押し当てた。数秒して男の声が聞こえてきた。

「はい、NM工業ですが……」

「あ、お早うございます。私、斉藤と申しますが、花田真一さんをお願いできますでしょうか？」

「花田、花田真一ですか？　花田は昨年退職しましたよ」受話器を通して機械加工の金属音が聞こえていた。そのせいか、男の声は大きかったが聞き取りづらかった。

それにつられて、正人の声も大きくなった。

「えっ、お辞めになったんですか？」

「ええ、ですからもうここには居ないんですよ」

「今どちらにおいでかご存知ないですか？」

「さてね、自分には分からんね」職場で手が離せないのか、或いは面倒に巻き込まれたくないのか、いずれにしても男にとっては迷惑な電話のようだった。

正人が続けた。

「もしもし、そちらに鳴海浩二さんも働いていましたでしょうか？」

「ああ、居たよ。三、四年前に辞めたけどな。何で?」男は少し興味を持ったのか続けた。

「斉藤さんでしたっけ? あの二人とどういう関係なんだね?」

「私は鳴海さんと同じマンションの管理組合の理事長をしています。実は今朝、鳴海さんが救急病院でお亡くなりになったんですよ……」

「えっ、鳴海さんが死んだんですか?」電話の向こうの声が一段と大きくなった。「なんでまた!」

「いや、詳しいことは分かりませんが、身内の人に連絡を取りたいんですよ。マンションではお独りでしたのでね。どなたかご存知の方居ませんですか?」

男の声の調子がまた変わった。

「そういう事は、人事にでも訊かなくちゃ分からんだろう。ちょっと待って、この電話人事に回すから切らんでよ」

暫くして電話が繋《つな》がったのか、女の声が聞こえてきた。

「もしもし、お電話代わりました。どんな用件ですか?」

正人は受話器を握り直して応えた。

「あのー、私斉藤と申します。お宅にお勤めだった鳴海浩二さんと一緒のマンションの管理組合の理事長をしています。実は今朝、鳴海さんが救急病院でお亡くなりになったという知らせがありました。鳴海さんはお独りでお住まいでしたので、身内の方に連絡を取ろうと思いましてお電話を差し上げた次第でして」

「鳴海さんがお亡くなりになったんですか？」女の声は中年女特有の好奇心に満ち溢れていた。

「どうしたんでしょうね。あんなに元気だったのに。いえね、鳴海さんは六十歳の定年までうちの会社で働いておられたんです。五年前かしらね、お辞めになってからの事は存じ上げないんですけど、それまでは独身でしたわね。ですから、身内の方といいますと、多分出身地の青森にご兄弟か誰かが居るんでしょうかね。もっとも、辞めた後で結婚したかもしれないですけどね。だって、最近は熟年結婚が流行《はや》っているじゃないですか……。いえ、鳴海さんがそうだというわけでは無いんですよ……」

女は黙っていればいつまでも話し続けそうだったので正人が割り込んだ。

「実は、マンションの管理組合に出して頂いている緊急連絡先に、そちらにお勤めだった花田真一さんのお名前が記載されているんです」電話の向こうで、女が何か言おうとするのを制して続けた。「花田さんがそちらをお辞めになったのも聞きました。花田さんのご自宅にはこれから電話をしてみます。ところで、お宅様の会社には従業員のＯＢ会のようなものはございませんか？」

「ＯＢ会ですか？」

「そう、ＯＢ会。でなければ、退職した方が亡くなった場合の取り扱い。つまりですね、訃音《ふいん》通知などを関係者に流していますか？」

女の口ぶりが変わった。いやに事務的な言い方になった。

「うちは中小企業ですし、そういった事はしておりません」

「じゃあ、花田さんの他にどなたか鳴海さんと親しかった方をご存知ないですか？」

「どうでしょうね、私には分かりません」

自分の興味の対象では無くなったのか、明らかに逃げ腰だった。どうやら女にこれ以上訊いても無駄のようだった。

「そうですか、どうもお世話様でした」正人はそれだけ言うと、女が電話の向こうで何か喋《しゃべ》っていたが、一方的に受話器を置いた。

顔を上げると、管理人の視線が待っていた。

「どうでした会社の方は？　花田さんは居ませんでしたか？」

「うん、会社はこの件に関わりたくないみたいだね。花田さんも辞めて居ないってさあ。……しょうがない、花田さんの自宅に電話してみよう」

正人が、緊急連絡先のページを指でなぞりながらプッシュボタンを押していた。受話器を耳に当てたままでいると、暫くしてガチャリと音がして男の声が聞こえてきた。

「もしもし……」

正人がそれに応えた。

「花田さんのお宅でしょうか？」

「そうですが……」電話から聞こえるしゃがれ声から想像するに、花田真一本人のようだった。

「私、斉藤と申します。実はですね、今日お電話しましたのは鳴海浩二さんの件で、お訊ねしたいことがございまして……」

「鳴海さんですか？」

「そうです、お宅様と会社でご一緒だった鳴海さんの事です」

訝《いぶか》しげな声が返ってきた。

「で、その鳴海さんに何か？」

正人は一呼吸おいてから受話器に向かって言った。

「鳴海さんが今朝、救急病院でお亡くなりになりました」

「えっ、亡くなった！　どうして？」

「昨日、家の前で倒れられて救急車で運ばれたんですが、今朝亡くなったという知らせが病院からありました」

「そうですか、鳴海さんがねー……」受話器から相手の溜め息が伝わってきた。「それで、私に訊きたいことって？」

「申し遅れましたが、私は鳴海さんと同じマンションの管理組合の理事長をしていましてね。住んでおられる方全員に緊急連絡先を提出していただいているんです。それで鳴海さんのには、花田さんのお名前が書かれていたんです。そういう訳で兎も角お知らせしようと思って電話した次第です」

相手は事の次第を呑み込めないのか、しばしの沈黙の後で言った。

「緊急連絡先に私を指定していたんですか。他に親族とかいなかったんですかね」

「ですから花田さんにお訊ねしたいんです。鳴海さんがこちらに越して来られたのは五、六年前で、それにお独りですので近所との付き合いもなかったんですよ。どなたに連絡を取ればいいのか、正直途方《とほう》にくれていますよ」

「そう言われましてもね……」相手の声がだんだん小さくなった。明らかに関わりたくないとの意思表示だった。「鳴海さんとは同じ職場にいたというだけでして、特に親しくしていたわけでもないですからね……。確か、青森の出身だと言ってましたから、あちらにご兄弟が居るんじゃないですか……」

「そうですか──……」正人もつい溜め息が出てしまった。「困りましたね。どなたも引き取り手が無いと、無縁仏《むえんぼとけ》になってしまうんですがね」

「──……」返事は無かった。

正人の言い方が皮肉っぽくなった。

「さっき、会社の人事の方にもお知らせしたんですがね。退職した方には関わりたくないみたいでしてね。寂しいものですなー……。じゃあ、私の方で何とかしますよ」

やっと返事が返ってきた。

「よろしくお願いします……」

何か言い訳めいたことを言っているようだったが、正人はお終いまで聞かずに受話器を置いた。

正人は腹立たしかった。（まったく、どいつもこいつも知らんぷりをしやがって。人間の絆《きずな》なんて、こんな薄っぺらなものなのかよ？　昔の『村八分《むらはちぶ》』だって、死んだ時くらい面倒見たぜ）このイライラを誰かにぶつけたかった。

管理人は、そんな正人を黙って眺めていた。相手の話が聞こえなくても成り行きは理解しているはずだった。

正人はパイプ椅子に座り、足を組んで自分自身の気を鎮めるように言った。

「さて、どうしたものですかね」

管理人が正人の顔色を見て静かに言った。

「やっぱり駄目でしたか」

「うん、期待はしていなかったけどね……」

正人にもどうしていいか分からなかった。管理人も黙って自分の椅子に座っていた。二人の沈黙を破ったのは事務机の上の電話の呼び鈴だった。管理人の手が受話器に伸びた。

「もしもし、サンライズ・ハイツですが……」

「……」

「えっ、N市中央病院ですか」管理人は受話器を手で塞《ふさ》ぎながら、正人の方を見て言った。「病院からですがどうしますか？」

それが正人には、代わってくれとの意思表示に思えた。立ち上がると黙って受話器を受け取った。

「お電話代わりました。管理組合理事長の斉藤です」

受話器の向こうから男の声が聞こえてきた。

「N市中央病院の事務長の大橋といいます。今朝お亡くなりになりました鳴海浩二さんの件で電話したんですがね。お宅様は鳴海さんのお住まいのマンションの責任者でいらっしゃいますか？」

正人は、相手の唐突《とうとつ》な物言いに身構えながら応えた。

「責任者ってどういう意味か知りませんけど、自治会長と理事長を兼務してますからそうでしょうね」

「それでは申し上げますが、今朝ほど、うちの係の者がお知らせしましたように、鳴海さんのご遺体を引き取っていただきたいんです。病院では十二時間以上お預かり出来ないルールになっていましてね」

「えっ、何ですって？」相手の抑揚《よくよう》のない事務的な言い方に、むっとしてつい声が大きくなっていた。「何で私どもが遺体を引き取らなくちゃあいけないんですか？」

相手は、正人の声の勢いに押されたのか、穏やかな声で言った。

「いや、お宅様とは申しません。お身内の方とかには連絡が取れたんですか？」

正人が感情を抑えながら応えた。

「いや、まだです。元々、この方は独り者なんです。親族がどこにいるのかもわかりません」

「そうですか、困りましたね……」相手はちょっと考えるふうに間を置いて続けた。「そうしますと、身寄りのない無縁仏ということになりますね。……まあいずれにしても、死亡届を出して火葬してもらわなくてはいけませんんですからね。理事長さん、もしお宅様の方でご遺体をお引き取りできないなら、恐縮ですが市役所に連絡して頂けませんか」

正人は不満だった。それが声に表れていた。

「私の方で市に連絡するんですか？」

相手は元の事務的な言い方を返してよこした。

「そうです。今日中に搬出できるようにお願いします。ああ、それから死亡診断書はその時までに用意をしておきます。それでは失礼します」

相手は正人の返事を待たずに電話を切った。

「何だよ！」言いながら受話器を置いた。正人の口をついて出たのはぼやきだった。「まったくもう、やってられないぜ！」我慢《がまん》していた物を、堪えきれなくなって一気に吐き出してしまった。

管理人は正人の剣幕《けんまく》に恐れをなしたのか、目を合わせないように俯いたままだった。正人は事務机の前を離れると、部屋の中央に突っ立ったまま腕組みをして天井を睨んでいた。

正人は考えていた。（何で、いつも俺なんだよ。他に誰かいないのかよ）しかし、管理人がここを離れられない以上、自分が市役所へ行って話をするしかないのだ。（しょうがないか。自分がこのハイツの責任者だものな。それにしても、俺もついてない男だな）

正人は腹を決めた。

「管理人さん、埒《らち》が明かないんで市役所に行って相談してきますわ」

管理人が救われたように顔を上げ、そして頭を下げて言った。

「理事長さん、ご苦労様ですがお願いします」

小一時間の後、正人はN市役所の一階に在る市民課のカウンターの前に居た。カウンター越しに目が合った中年の男性職員に声をかけた。

「あのーすみませんが、お訊ねしたいことがあるんですが」

呼び掛けられた男性職員が、カウンターに近づいてきて正人の前でとまった。値踏《ねぶ》みでもするように、正人の頭のてっぺんから足先までを見て言った。

「何でしょうか？」

「はあ、ちょっと込み入ったことなんですが……」正人はここで一呼吸ついて、咳《せき》ばらいをしてから続けた。「私、マンションの管理組合の理事長をしています斉藤と申します。実はですね、私どものマンションにお住まいの鳴海浩二さんという方が今朝ですね、救急搬送された先の病院でお亡くなりになったんです。その方は独り者でして、親しい方もおられないのですよ。それで、病院から遺体を引き取ってくれという電話がありましてね。どうしたものかと相談に参ったわけでして」

頷きながら聞いていた職員が言った。

「身元引受人の無い方ですか。最近多いんですよね。その方の正確なお名前と住所を教えてください」用紙を取り出して、正人の目の前のカウンターに置くと話を続けた。「失礼ですが、お宅様のお名前と住所もお願いします。それから、免許証か何か身分証明書をお持ちですか。最近、個人情報は煩《うるさ》いんですよ」

正人は鳴海の名前と住所と自分のを用紙に書き込んで、ポケットから自動車免許証を引っ張り出し、カウンターに重ねて置いた。

中年の男性職員は「免許証コピーさせてください」と言い置いて、戸籍係の方へ歩いて行ってしまった。残された正人は、カウンターの前に立ったまま、見るともなしに市役所の一階のフロアを眺めていた。幾つかの部署に分かれているのだろうが、沢山の事務机が向かい合わせに並んでいた。その一つ一つには当然のように職員たちが座っていた。窓側には、少し大きめの両袖の事務机がこちら向きに置かれていた。そこには難しい顔をした年配の男性が座っていた。どこでも見かける事務所の風景だった。

男性職員が戻ってきた。

「これお返しします」と言って免許証をカウンターの上に置いた。そして、手に持っていた書類を正人の目の前に広げながら続けた。「鳴海浩二さんでしたね。これが住民票の写しです。本籍もこの住所と同じですね」

正人もその写しを覗き込みながら言った。

「旭町四丁目五番地　サンライズ・ハイツ四の四〇四で間違いないですね」

男性職員が、住民票の下からもう一枚の書類を取り出し、事務的な口調で言った。

「こちらが戸籍謄本です。結婚歴はありませんから当然お子さんもいないですね。つまり、お独りということですね」

正人は書類から目を上げ、男性職員の目を見据えながら言った。

「まあ、独りで住んでいたのは分かっているんですが、誰か連絡が取れるような身寄りは無いんですかね。私ら病院にせっつかれて困っているんですよ」

男性職員は正人から目をそらし、聞き取りづらい声で言った。

「出生地が青森県西津軽郡鰺ケ沢《あじがさわ》町となっていますから、そちらに問い合わせれば、ご兄弟か誰か身内の方がいるかもしれませんよ」

正人が反対に少し大きな声で言った。

「こちらじゃ分からないんですか?」

男性職員が下を向いたまま言った。

「はー、原戸籍のある役所に問い合わせていただかなくてはなりませんね」

正人はだんだん腹が立ってきた。苛立ちが声になって表れてしまった。

「じゃー病院にある遺体をどうしろっていうんですか。まさかハイツで引き取れとでもいうんですか?」

「そうは言っていませんがね」男性職員が近くの事務机の上にあった『六法全書』を取り出し、ページを捲《めく》って、正人に指でさし示しながら続けた。「戸籍法第八十六条に記載されているんですが、『死亡届』を出して頂かないといけませんです。これここに書いてあるでしょう。人が死んだ場合、『死亡診断書』を添えて七日以内に提出しなければならないのです」ちらっと上目遣いに正人を見て、「誰が届けるかというと、第一に親族、次が同居人、家主・地主、そして土地家屋管理人がその義務を負うんですよ。……お分かりいただけましたね? 理事長さん」。

正人は納得できなかった。(何で、俺なんだよ。ふざけやがって!)怒りがのど元まで込み上げてくるのをやっとの思いで呑み込んだ。少し声が上ずってしまった。

「えっ、この場合、ハイツの管理組合理事長がそれにあたるというのかい? つまり、私がかい?」

男性職員は、徐《おもむろ》に、日本中の役所の代表選手が模範解答を読むような態度で、答えを返してよこした。

「ご不満かもしれませんが、法律ですから……」これでお終いだと言わんばかりに、『六法全書』を目の前でパタンと音を立てて閉じると、それを元の事務机の上に置いた。そして、思い出したように正人に向かって言った。「ああ、それから葬儀屋さんの費用ですが、健康保険と市からの弔慰金《ちょういきん》が合計で七万円出ますから後で請求してください。それで足りるでしょう。……じゃあ」

黙り込む正人に、男性職員は軽く会釈をすると自分の席へ戻って行った。

取り残された正人は、カウンターの上に置かれたままの住民票と戸籍謄本のコピーを忌々《いまいま》しげに眺めていた。やがて諦《あきら》めたのか、コピーを手にすると出口に向かって歩き始めた。


N市中央病院の霊安室《れいあんしつ》は地下にあった。正人は、病院に紹介された葬儀屋の男の後に付いて薄暗い廊下を歩いていった。男がドアを開けると、狭い部屋の中央に、白いシーツに覆われた遺体が置かれているのが嫌でも目に飛び込んできた。

葬儀屋の男からもらった名刺には、Nセレモニーの代表取締役社長と書かれていたが、年齢不詳の脂ぎった赤ら顔で小太りの男だった。

男は型通り手を合わせ一礼すると、後ろを振り向き正人に訊いた。

「仏様のお顔をご覧になりますか？」

正人は慌てて頭《かぶり》を振った。

「いや、結構です。私自身はお目にかかったこともないですから」

男は怪訝《けげん》そうな顔で言った。

「マンションでご一緒じゃないんですか？」

「いや、この方は最近引っ越して来られたんですよ。それに、独り暮らしですので……」

「ああ、そういうことですか。お宅様は管理組合の理事長さんでしたよね……」男は合点がいったのか、頷きながら続けた。「最近こういう方多いんですよ。所謂、孤独死ですね。理事長さんも迷惑でしょうが、袖《そで》振《ふ》り合うも多生の縁といいますからね」

正人が曖昧な顔で頷いた。

「はあ……」

男は、シーツをめくって遺体の顔を覗き込み、頭だけ正人の方に向けて言った。

「この方、田舎に誰か身内の方は居ないんですか？」

正人は男の手元を見ないようにしていたが、それでも遺体の禿げ上がった頭部が目の隅《すみ》に飛び込んできた。

「それが、結婚歴もないですし、出生地が青森の田舎なんですよ。そこへ行って捜せばいるかもしれませんがね……」

「友達とか、仕事の仲間とかいないんですか？」

「ええ、もと居た会社にも電話したんですがね……ふっ、つれない返事でしたよ」

葬儀屋の男は、正人の煮え切らない返事に、商売にならないと見切りをつけたのか、あっさりと言った。

「分かりました。要するに身元引受人がいない方の葬儀ということですね」

得《え》たりとばかりに正人が応えた。

「そういう事です」

「じゃあ、葬式も坊さんの読経《どきょう》もなしですね」

正人が頷いた。

「はい、そうです」

男がちょっと考えるふうに首をかしげながら言った。

「遺骨はどうします？　引き取り手が無かったら無縁仏に成りますがね……。その方が簡単なんですが、どうしますか？」

「そうですね……」正人も考えてしまった。ちょっと間をおいて続けた。「この人マンションの所有者だから相続の問題もあるんですよ。いずれにしても、相続人を捜さなくちゃあいけないんですよね」

納得したように男が言った。

「なるほど。じゃあ私どもの仕事は、火葬処理と遺骨を骨壺に入れてお届けするということですな」

正人がほっとしたような声を出した。

「ええ、そうです。それでお願いします」

「で、どちらにお届けしますか？」

正人はまた考え込んでしまった。そして言った。

「そうですね、マンションのこの方の部屋に置いておくしかないでしょう。相続人が見つかるまではね。取り敢えず、私のところへ持ってきてください」

「了解です。では早速作業に取り掛かりますから。……ああ、死亡届はそちらでやっていただけますね。火葬許可が要《い》りますのでね」

「ええ、勿論です」正人は頷いてから、言い難《づら》そうに口ごもりながら続けた。「あのー、それで費用は如何程でしょうか？」

男は携帯電話を掛けようとしていた手を止めて正人の顔を見た。

「葬儀代ですか？　まあ、事情が事情ですからお安くしておきますよ。十万円ちょうどでお願いします」

「十万ですか？」正人は先ほどの市役所での話を思い出していた。七万円は市から出るとしても、三万円は予算オーバーだった。それでも、早くこのありがたくない事件のけりを付けてしまいたかった。「分かりました。じゃあ、十万円でお願いします」

「承知しました」葬儀屋の男は愛想よく応えた。内心では不満だったろうが、商売人のように揉《も》み手をしながら正人に向かって頭を下げた。

何だか、(毎度有難うございます。またのお越しをお待ちしております)と言う声が聞こえてきそうな気がした。


正人が『日の出屋』のカウンターにぽつんと座っていた。女将が暖簾をもって引き戸を開けて外に出て行った。五時前だというのに、秋の日はつるべ落とし、夕闇が迫っていた。暖簾を押して入って来たのは吉田だった。

「やあ、斉藤さんやっぱりここか」

正人が振り向いた。

「ああ、吉田さん！」

吉田が当然のようにいつもの席に腰を掛けた。

「ちょっと旅行に行ってたんだけど、何かえらい目に遭ったんだって。さっき、お宅に電話したら奥さんが言ってたぜ」

「うん、そうなんだ」正人は吉田の前に置かれたグラスにビールを注ぎ、自分のも満たした。

吉田がグラスを手に取り、ちょっと乾杯の仕草をして一気に飲み干し、一息ついて言った。

「すまなかったな、留守にして。で、何があったんだって？」

「うん、実はな……」正人も飲み干したグラスをカウンターに置くと、鳴海の一件を掻い摘んで話し出した。「……まあそういうわけで、昨日から鳴海さんの遺骨が骨壺に入ったままで、四号棟の四〇四の部屋に置いてあるんだよ」

黙って聞いていた吉田が、しんみりした声で言った。

「ふーん、それは大変だったな。……しかしな、死んだ鳴海という人も気の毒な話だぜ」

正人が相槌を打つ前に、カウンターの中で焼き鳥を焼いていた大将が手を止めて口を挿んできた。

「鳴海さんて、お宅のハイツの鳴海さんかい？」

正人が応えた。

「ああ、そうですよ。大将知っている方かい？」

「あんまり親しくはないけどさ、うちのお客さん」言ってから奥へ大きな声をかけた。「おーい、ハイツの鳴海さん死んだってよ」

奥から女将が顔を出すと、「鳴海さんが亡くなったの、本当？」草履を突っ掛けてカウンターに近づき続けた。「ハイツの鳴海さんがね。そういえば最近見なかったわね。また、何で急に？」

正人は座ったままの体を回し、女将に向かって言った。

「死亡診断書には、何だか難しいことが書いてあったけど、所謂心臓発作じゃないのかな。救急車で運ばれて間もなく亡くなったみたいだから。女将さんは知ってるの？　鳴海さんのこと」

「知ってるって程でもないけどね。うちの常連よ。三、四年前からかな。あの人、いつも来るの遅いから、皆さんとは時間帯が違うのよ」

正人が言った。

「まあ、独り者だったからな。家族と晩飯食う必要もないしね」

大将が身を乗り出して口を挿んだ。

「鳴海さん、実はうちの奴と同郷なんだわ」

女将が継いだ。

「そうなの。生まれはね、私と同じ青森県なんだって。鳴海さんは鰺ヶ沢で、私はその隣町の深浦なんだけどね。津軽平野の西の日本海に面した所」

正人が応えた。

「ああ、知ってる。冬に吹雪《ふぶ》いてストーブ列車が走るところだね」

吉田がグラスを置くと、「何だか聞いただけで寒そうな気がしてきたぜ」と言って熱燗《あつかん》を注文した。

正人がそれに続いた。

「僕にも熱燗」

吉田が、お通しの枝豆を口に運びながら言った。

「それで、これからどうなるんだい。あの部屋誰かに引き継いでもらわんと、管理費や修繕積立金回収できんよな」

正人が言った。

「いやそのことなんだが、実は困っているんだ」

「そうだろうな。ハイツの委託管理会社はどうなんだい。その為に高い委託料払ってんだろうよ」

「それがさー……」正人はグラスの底に残っていたビールを一息に飲み干して続けた。「駄目なんだよ。H管理会社のいつも来る担当者を呼びつけて訊いたんだわ。そうしたら、いけしゃあしゃあと言うんだよ。こういう範囲の業務は、委託契約には入っていないんだとさ」

吉田が吼《ほ》えた。

「何を！　ほんとかよ。……じゃあどうすんだよ？」

「うん、まあ金さえ払えば、弁護士事務所でも不動産屋でも頼むってさ」

吉田は納得したのか声をやわらげた。

「そうか……。もっともだな」

二人とも黙ってしまった。

女将が二人の肩越しに、「お待たせ！」と言って熱燗徳利と秋刀魚の塩焼きをカウンターに並べた。

正人は箸で秋刀魚の身をほぐし口元へ運んでいた。吉田が何杯目かのお猪口《ちょこ》を飲み干した後で口を開いた。

「しかしよ、遺骨をそのまま部屋に置いておくわけにもいかんだろう。成仏《じょうぶつ》しないだろうよ。だいいち気味が悪くて、四号棟の辺りを夜独りで歩けないぜ」

女将がカウンターの中で聞き耳を立てていたのか、正人が返事をする前に言った。

「そうよ。何とかしてあげなきゃあ可哀そうよ。鳴海さんの事はよく知らないけど、高校を卒業して直ぐに都会に出て働いて、青森にもほとんど帰ってないって言ってたわよ。独りもんでしょう。死んだ後ぐらい身寄りと一緒にしてあげたいわ」

「そうだなー……」正人は言ってから箸をおき、考えるふうに首を傾げた。「独り者だって両親は居るはずだからな」

吉田が強い調子で言った。

「そうだよ。ここは理事長、管理組合で金を出してもいいから身寄りを捜すべきだよ。だって、相続人を見つけなくちゃあならないんだろう。見つかったら、そいつに遺骨の面倒をみさせりゃあいいさ」

女将が話を継いだ。

「鳴海さんには確か兄がいるって聞いたわよ。田舎じゃあ、長男が家の跡を継いで、あとの兄弟は皆家を出されるのよ。その代わり、長男が親の墓もご先祖様の墓も守ってゆくのよ。それがしきたりよ。だから、鳴海さんも、身内の墓ぐらいお寺に行けば在るはずよ」

「うんー……」正人は腕を組み目を閉じたままだった。

しばしの沈黙を破ったのは吉田だった。

「俺が行こうか？」

正人が目を見開くと前を向き、きっぱりと言った。

「いや、僕が行こう。これも何かの縁《えん》だ。いや、理事長と自治会長の責任だ」

吉田が正人の顔を見つめながら言った。

「えー、いいのかい。独りで？」

正人が応えた。

「うん、女将さんの話を聞いているうちに、他人事とは思えなくなったんだ。……それに津軽は知らないところでもないから。まあ、今頃は旅行するには一番だし」女将の方を向いて続けた。「ねえ、女将さんそうですよね」

「そうね、リンゴの季節ね。お酒も美味いわよ。……斉藤さんはイトケンさんじゃないから、『ねえちゃんも綺麗だし』とは言わないわよ」

女将の笑い声につられるように皆も笑った。

見渡す限りのりんご畑が広がっていた。車窓からでも、枝々に赤や黄色の実がたわわにぶら下がっているのが見て取れた。岩木山の青い頂が窓枠に隠れてしまっていた。正人を乗せた、五能線・深浦行きの列車は弘前駅を出たばかりであった。

車内は通勤・通学時間を過ぎた所為なのか空いていた。正人は、四人掛けのボックス席に一人で座っていた。退屈まぎれに窓の外を眺めていると、前の席の話し声が聞くとはなしに聞こえてきた。地元の女性であろうか。異国の言葉のようでもあり、また、聞きようによっては小鳥たちの囀《さえず》りにも似て、耳を擽《くすぐ》る不思議な響きであった。

一時間半ほどで、鰺ヶ沢駅に着いた。正人は、駅前に停まっていたタクシーにのり、鰺ヶ沢町役場に向かった。鳴海に関する情報は、N市役所でもらった戸籍謄本に記載された出生地しかなかった。

正人は、戸籍係の名札が下がったカウンターの前に立っていた。どこの役所もそうであるように、カウンターの中にはいくつもの机が並べられ、その各々に、無機質な顔をした人々が座っていた。

いくらかの躊躇いの後、正人は一番近くに座っていた中年の男に声をかけた。

「あのー、ちょっとお訊ねしたいことがございまして……」

男は手元の書類から目を離さずに言った。

「なんでしょうか？」

「少し込み入っているんですが……」

男がカウンターに向きを変えるのを待って、正人は続けた。

「鳴海浩二さんという方の事なんですが……」ポケットから戸籍謄本を取り出しカウンターに広げて、「この方、先日亡くなりまして。勿論、死亡届は最寄りの市役所に提出済みなんですが、身寄りが無いものですから、親族の方を捜しています。出生地がこちらになっていますので、お伺いしたしだいです」。

黙って聞いていた男は戸籍謄本を見て抑揚《よくよう》のない声で言った。

「鳴海浩二、西津軽郡鰺ヶ沢町字外岡《とのおか》三の五の八、この住所だば鳴海家《なるみんち》の者だべな。それであんたさんは、親族さ会ってなじょ・・・・・すんだべか？」

正人には、男の言い方だけでなく、人を胡散臭《うさんくさ》い者でも見るようなその目つきが気に入らなかった。

(田舎の小役人が、何だその態度は！　俺を誰だと思ってるんだ？）口から出そうになるのを堪《こら》えて、左手にぶら下げていた風呂敷《ふろしき》包みをカウンターの上に置いた。そおーっと置いたつもりだったがゴトンと音を立ててしまった。

「これですよ。分かります？」

男は目の前にある風呂敷包みを不審気な目で見つめて言った。

「何だべ？」

「遺骨ですよ」正人は風呂敷の結び目に手を掛け少し大きな声で続けた。「鳴海浩二さんの骨壺ですよ。この人にだって、親の墓ぐらいあるでしょう。一緒に埋めてやろうと言うんですよ」

男は驚いたように立ち上がって、早口でしゃべりだした。

「ああ、そういう事ですか。分かりましたんで、ちょっと待っててけろじゃあ」

そそくさと席を離れると、暫くして男が書類をもって戻って来た。

「お待たせしました。鳴海浩二さんの実家が分かりました。親族の方がこの住所に住んでおります。……あのー、失礼だども、あんたさんはどなたでしょうか？　個人情報がうるさくての。身分証明書か何かあるべか？」

「ごもっともです」正人はポケットから免許証を取り出し、カウンターの上に置いて続けた。「私、申し遅れましたが、鳴海さんと同じマンションの自治会長を務めております斉藤です」

正人の顔と免許証の写真を見比べて、「あっ、結構です。後でちょっとコピー取らせていただきます」男の物腰が変わった。カウンターに書類を広げながら続けた。「この方のご両親はすでに亡くなっています。浩二さんには兄弟が居りまして、長男の一夫さんが跡を継いだんですが、残念ながらこの方も亡くなっています。今は、鳴海家を継いでいるのは長男の一夫さんの子供さんです。鳴海洋一さんですね。鳴海浩二さんには他にも弟さんと妹さんがいます」

「そうですか。じゃあ、この鳴海洋一さんを訪ねればいいわけですね」

「そうです。外岡に行くには、ここを出て浜と反対の方さ歩いて行って、そうだな小一時間もかかるべか。タクシーだば二十分もあれば行くべな」

男は言葉遣いやその表情とは裏腹に、親切な人間なのかもしれない。男が、免許証と共に、原戸籍のコピーの入った役場の封筒を手渡してくれた。

「斉藤さんでしたね。遠い所をご苦労さんでした」

「いえいえ、こちらこそお世話になりました。失礼します」

正人は男に深々と頭を下げ、踵《きびす》を返してカウンターを離れた。


鳴海洋一の家は、乗ったタクシーの運転手が見つけてくれた。何処にでも見られる普通の民家だった。玄関に掛かった表札には鳴海洋一と書かれてあった。

玄関の引き戸を開けるとガラガラと音がした。

「ごめんください」

「はーい」中から声がして、家人であろうか女が現れた。

正人は女に頭を下げ、穏やかな声で話しかけた。

「あのー、私、斉藤と申しますが、こちらは鳴海洋一さんのお宅でしょうか？」

旅行鞄を肩にかけ、風呂敷の包みを手に提げた正人を不審そうに眺めまわし、警戒心の籠《こも》った声で応えた。

「はあ、そうですが。どちら様でしょう？　今、主人は畑に出ていますが」

「いや失礼しました。実はですね、ご主人の洋一さんの叔父さんにあたる鳴海浩二さんの事でお伺いしたんですが。ご主人とお会いできませんでしょうか？」

女は警戒心と、戸惑《とまど》いの雑じった硬い表情のままで言った。

「ちょっと待ってください。主人ば呼んできますんで」

正人が上がり框《かまち》に腰をかけて待っていると、開けたままの玄関から、男が女の先に立って歩いてくるのが見えた。男は四十前後なのか、膝のあたりに泥のついた作業着を着ていた。

男は帽子を取り、野太い声で言った。

「鳴海洋一だども、浩二叔父のことで来たってが。先ず家さあがってもらうべ」

「はあ、どうも」正人は男に従って奥へ入って行った。

通されたのは八畳ほどの座敷だった。和式のテーブルを挟んで、洋一と正人は座った。

正人は改まって洋一に頭を下げて言った。

「突然お邪魔して失礼します。私、東京に近いC県のN市から参りました斉藤と申します。この度は、お宅様の叔父さんに当たる鳴海浩二さんの事で伺いました」

洋一が先を促すように言った。

「うん、で？」

正人が一つ咳ばらいをして話を始めようとした時だった。襖が開いて先ほどの女が現れ、テーブルの上にお茶とせんべいの入った器を置いて、洋一の斜め後ろに座った。

正人が口を開いた。

「浩二さんは先日病院でお亡くなりになりました。救急搬送されて、間もなく亡くなりました。心臓発作です」

「えっ、死んだ！」洋一は身を乗り出すようにそれだけ言うと、姿勢を戻し、暫く沈黙した後でぼそりと低い声で続けた。「ふーん……で、家《うち》となんか関係あんだべか？」

正人は洋一の顔色をうかがいながら、慎重に言葉を選んだ。

「ご存知だと思いますが、お宅様の叔父さんの浩二さんは独身で、お子さんも居られません。そういう事で、遺体を引き取られる方も居られませんでしたので、止むを得ず、私どもの方で死亡届を出して火葬処理をさせていただきました」

洋一は硬い表情を崩さず、形ばかり頭を下げて言った。

「ああ、そうですか。それはご丁寧に。どうも、お礼申し上げます」

正人は、洋一の言葉を待っていたかのように、ひざ元に置いてあった風呂敷包みをテーブルの上にのせて言った。

「これが浩二さんの御遺骨です」

洋一はのけぞるようにして言った。

「えっ、こ、これが浩二叔父の遺骨だべか？」

正人は射《い》すくめるような目で洋一を見つめ、畳《たた》みかけるように続けた。

「そうです。あなたの叔父さんの御遺骨です。御家で引き取ってもらえますね、如何です？」

洋一が慌てて、前に突き出した掌を左右に振りながら言った。

「ちょっと、ちょっと待ってけろ。叔父さんだといっても、何も付き合いもないしな。おやじの葬式にだって来ねかったから。先祖の墓さ入れるのだって、先ず、他の叔父さんだどかおばさんにも聞いてみねばなんねべ」更に、相槌を求めるように女の方を振り返り続けた。「なあ、そうだよな！」

女が「そうだ、そうだ」というように声には出さずに大きく頷いた後で、考えるように首をかしげて洋一に向かって言った。「あんた、ここはやっぱり新拓《しんたく》の三郎叔父さんに相談したほうが良くないかい？」

洋一がそれに応えた。

「うんだな。三郎叔父は兄弟だしな。……よし、三郎叔父に頼むべ」

洋一と女は、正人を残したまま部屋を出て行ってしまった。隣の部屋から、洋一が電話を掛けているのか、襖《ふすま》を通して声が漏れ聞こえてきた。どうやら相手は三郎叔父のようだった。首をめぐらすと、欄間《らんま》には何枚かの額に入った古い写真が掲げられていた。多分この屋の歴代の当主なのであろう。

五分ほどして洋一が戻って来た。女もその後に続いて、もと居た場所に座った。

洋一が胸ポケットから煙草を取り出し、ライターで火を点け大きく吸い込んで、煙を吐き出しながらぼそりと言った。

「三郎叔父に電話したから、その内ここさくるべ」

正人には、洋一と女が考えていることぐらい分かっていた。彼らにとっては迷惑なだけの話のはずだった。

居心地の悪い空気が漂っていた。先に動いたのは正人だった。役場で貰った原戸籍簿を封筒から取り出し、目を通しながら改まった口調で洋一に向かって言った。

「浩二さんの血縁の方で現在存命の方は、お宅様以外では、浩二さんの弟の三郎さんと妹の敏子さんですね。それと、貴方にも弟の健二さんがおいでですね。間違いございませんか？」

洋一は短くなった煙草を灰皿でもみ消すと、上目遣いに正人を見て、それがなんだと言わんばかりに応えた。

「はあ、そういう事になるんだべな」

「実はですね、私がここへ来た理由にはもう一つありましてね……」正人は、ごほんと一つ咳ばらいをし、テーブルに置かれたままのお茶に口を付け、唇を湿らせて話を続けた。

「私は、浩二さんがお住まいのマンションの管理組合の理事長なんです。浩二さんは、私どものマンションの区分所有者だったんです。つまり、マンションの部屋の所有者だったんですよ。お分かりになりますか？」

洋一の方はまだ理解してない様子だったが、後ろにいた女がひそひそ声で洋一の耳元に話しかけるのが正人の耳にも届いていた。

「ちょっとあんた、マンションだよ。財産が残っているんだよ」

「えっ、あーそうか」洋一は女に頷いた後で、正人の方に向き直って言った。

「ああ、つまり遺産の相続っていう事だべか」

「その通りです」

正人の言葉を聞くや否や、女が立ち上がって言った。

「もうすぐお昼だし、お昼御飯用意しますからゆっくりしてってください」

正人が慌てて女の背中に声を投げかけた。

「ああ、奥さん、お構いなく。話が終わりましたら失礼しますから」

洋一も居住まいを正して頭を下げると、満面の笑みを浮かべながら言った。

「本当に、わざわざこんな田舎まで来ていただきましてありがとさんでした。浩二叔父は、死んだ親父に言わせれば、変わりもんでな。若い時に家を出たまんまで、ここさは寄りたがらなかったんですわ。親戚中では、何処かに女でも居るんじゃないかと噂《うわさ》してたんですがね。そうですか、誰も遺骨を引き取ってくれる家族は居ないんですか。いや、私が引き取りまして、家の先祖の墓に埋葬しましょう。お寺さんに頼んで四十九日の法要もやってもらいますよ」

正人も微笑みながら言葉を返した。

「そうしていただけますか。これで浩二さんも浮かばれるでしょう。私もここまで来た甲斐《かい》がありますよ」

洋一が狡猾《こうかつ》そうな目で正人を盗み見るようにして言った。

「遺産相続となると、弁護士や不動産屋を頼まないといけませんよね」

「ああ、そうですね。私どもの契約しているマンション管理会社を紹介しますよ」正人は財布から、いつも来る、H管理会社の担当者の名刺をテーブルの男の前に置いた。「ここに頼めば面倒な手続きもやってくれますよ」

洋一が続けた。

「手数料がかかるんでしょうね？」

「それほどでもないでしょう」

洋一が何か言いかけた時だった。玄関の方でガラガラという音がして大きな声が聞こえてきた。

「あっ、三郎叔父だ！」

洋一が腰を浮かす間もなく、襖が開けられ初老の男が怒鳴《どな》り声を上げて現れた。

「なしたってよ！　浩二兄貴が死んだってか？」正人の姿に気づいたのか、テーブルの前に座り頭を下げて言った。「失礼しました。儂《わし》、鳴海浩二の弟の鳴海三郎です」

正人も座り直すと、三郎に向かって頭を下げて言った。

「私、斉藤と申します」そして、テーブルに置かれたままの風呂敷包みをひろげ、素焼きの骨壺を曝《さら》け出した。「これが浩二さんの御遺骨です。事情はお聞きになったと思いますが、先日、心臓発作のため救急病院でお亡くなりになりました。どうぞお引き取り下さい」

三郎は、神妙《しんみょう》な面持ちで遺骨に向かって手を合わせお参りしていた。

横から洋一が、叔父の三郎に向かって声をかけた。

「三郎叔父、浩二叔父の遺骨は家《うち》で面倒見るわ」

三郎が拝むのをやめて目を開けると、腑《ふ》に落ちない顔を甥の洋一に向けて言った。

「なしてな？　おめえ、電話で儂に骨引き取れって言ったべよ」

洋一が慌てて応えた。

「いやいや、よーぐ考えたんだわ。浩二叔父さんは鳴海家の人間だし、独りもんだっていうしな。ここはやっぱり本家が面倒見ねばまいね」

「おめえがそう言うならな。儂は構わねども」三郎が正人の方に向きを変えて続けた。「斉藤さんでしたか。兄貴の遺骨をわざわざ届けていただきまして、ありがとさんでした。先ず、お礼を言います。それで、斉藤さんは浩二兄貴とどういう関係でしたべか？」

問われた正人は、ちらりと洋一に視線を向け、そして三郎に向かって応えた。

「私は、浩二さんと同じマンションに住んでいます。そこの管理組合の理事長をしている関係で遺骨をお持ちしたんですが、ここへ来たのにはもう一つ理由があります。甥御《おいご》さんの洋一さんにお聞きになっていませんか？」

　三郎がじろりと甥の洋一を睨《にら》んでから正人に言った。

「さあ、何だべか？」

「私が調べた限りでは、浩二さんには配偶者もお子さんもおいでになりません。つまり、浩二さんが住んで居りましたマンションの区分所有の権利をどなたかに引き継いでもらいたいのですよ。ご存知の通り、マンションというのはその所有者の方に、管理費や修繕積立金を支払ってもらわないと成り立たないのです。お分かりになりますか？」

　黙って正人の話を聞いていた三郎が納得した顔で言った。

「ははーん、分かりました。何もかもね……。つまり、兄貴には財産が残っているつーわけだな」そして、甥の洋一と後ろに座っている女に向かって大きな声で言った。「洋一、それに嫁もだ！　おめら、鳴海本家の跡取りだって、儂らになーんもしてくれねべ。浩二兄からは何の便りもねべ。あたりめーだ。浩二兄は儂には手紙もくれた。だから遺骨は儂がお寺さ持って行って弔《とむら》いをし、墓も立てる。おめらの世話にはならね」

　洋一の後ろに座っていた女が、伸び上がるようにして三郎の方に顔を向け言った。

「三郎叔父さん、そったなこと無いべ。家が何もしてないだなんて。私等がどんだけ祖父さん祖母さんの面倒見たか、どんだけ苦労したか」

　後ろから女に指でつつかれた洋一が継いだ。

「うんだ。認知症の祖母さんの面倒見たのは家《うち》だけだべよ」

三郎が腕を組み、口をへの字に曲げながら言った。

「あたりめーだ！　おめ達、本家の跡を継いだんだからな。それと浩二兄とのことは別だ」

その場には険悪《けんあく》なムードが漂っていた。

正人が身を乗り出して言った。

「あのー、身内の事に口を挿むつもりは無いんですが、相続は遺言書が無い限り、法律に則《のっと》ってなされねばなりませんです。鳴海浩二さんの場合、法定相続人は、弟の三郎さんと妹の敏子さん、それと洋一さんと弟の健二さんということになりますね」

最初に声を上げたのは洋一だった。

「なしてな？　弟の健二には関係ないべさ」

・・・・

次に三郎が続けた。

「はんかくせー。妹の敏子は家出て行ったおなごだ。なんもやることねえぞ！」

男達が唾《つば》を飛ばして言い争うのに女も加わり、津軽弁が部屋中に溢れかえっていた。それは小鳥のささやきどころか、群れカラスの喧騒《けんそう》にしか聞こえなかった。正人にはその意味を理解することが出来なかったが、いずれ、欲の皮の突っ張りあいだろうとは想像がついていた。

正人が腕時計を見た。もうすぐ十二時だった。

「あのー、お取り込み中失礼ですが、時間ですので私帰らせてもらいます」正人の言葉に、言い争っていた三人は思い出したように正人に視線を向けた。「鳴海浩二さんの御遺骨は確かにお渡ししましたよ。それと、マンションの相続ですが、なるべく早くお決めになってください。第三者に売却するならそれでも結構です。兎も角、所有者不明のままにしておくわけにはまいりませんですから」

年の功、三郎が年長者らしく正人に言った。

「いや失礼しました。斉藤さんにはお礼を申し上げます。せっかく遠路はるばるおいで頂いたんですから、どうですか一晩儂の家に泊まってゆきませんか」

女が慌てたように継いだ。

「あら、もうお昼だ。お昼ご飯を用意しましたから食べてくださいな」

正人が掌を左右に振って言った。

「いや、これで失礼させていただきます」

正人が腰を浮かしかけるのを、押しとどめるようにして洋一が言った。

「お急ぎのところ、さっき訊きそびれたことを聞かせてください。浩二叔父のマンション、幾らくらいで売れるべか？」

「そうですね、部屋の状況にもよりますが、七百万か八百万てところでしょうね。転売がご希望なら、さっき渡した名刺のマンション管理会社に相談してください」

洋一の口元が緩《ゆる》んだようにも見えた。

正人は立ち上がり、玄関へ向かった。車で送ってゆくとの申し出を断り、一人家を出た。道路まで出て鳴海家を振り返ると、玄関にはもはや見送る人の姿はなかった。その代わり、家の中から男と女の言い争う声が漏れ聞こえてきた。

正人は駅までの道を歩いていた。何を植えていたのか、刈り取った後の畑が続いていた。秋の日差しが暖かかった。小川に掛かった橋の欄干《らんかん》には赤とんぼがとまっていた。遠くに目をやると、低い山々が影のように連なっていた。もうすぐ、厳しい冬がやってくるのを告げているようだった。

正人は歩きながら考えていた。（鳴海浩二は本当に故郷に骨を埋めてもらいたかったのだろうか？　いや、ひょっとすると、故郷はとっくに捨てたのかもしれない。彼にとって故郷とは何だったのだろうか）正人の心のもやもやは晴れなかった。

八

ハイツと公園を仕切る通路に植えられた並木は葉を落とし、公園の片隅には吹き寄せられた枯れ葉が積もっていた。公園の中から子供たちのはしゃぎ声が聞こえていた。

正人が足を止めた。五、六人の子供たちがテニスボールで野球をやっている最中だった。真ん中でピッチャーの役目をしているのは背の高い男だった。バッターは女の子だった。女の子の打ったボールが、正人の足元まで転がってきた。歓声を上げて追いかけてきたのは少年だった。

少年は正人の存在に気が付き、「あっ、おじさん。斉藤のおじさんだ！」と言って帽子を脱いでペコリと頭を下げた。

正人も少年の事を思い出した。雨の日に虐められていた福島の避難家族だった。

「ああ、久保田君だったたね。野球が出来る仲間が見つかってよかったたな」

「うん。おじさん、今日はね、お父さんと一緒なんだ」と言って、背の高い男の方を指さした。

「なに、お父さんと一緒か」

二人の会話を聞きつけて、背の高い男が近づいてきて正人に頭を下げた。

「どうも。義則の父親で久保田といいます」

正人も頭を下げて応えた。

「ああ、斉藤です」

少年が父親の顔を見上げて誇らしげに言った。

「お父さん、このおじさんが自治会長の斉藤さんだよ」

少年の父親が、「自治会長さんでしたか。家族がお世話になっております」と言って改めて深々と頭を下げた。

慌てて手を振って正人が言った。

「いえいえ、お世話なんてとんでもないです。それより、久保田さんご自身もこちらに越して来られたんですか？」

「ええ、おかげさまで先月の末に。でも向こうの工事が完全に終わっていないんで、時々出張しなくちゃならないんですがね」久保田は言ってから、息子の義則にボールを渡し、野球を続けるように命じた。

正人と久保田は、公園の隅に在るベンチに腰掛けて子供たちのプレイを眺めていた。

その時だった。老婆がペタペタと足音を立てながら正人達の方に近づいてきてベンチの前でとまった。

老婆は正人の顔をじろりと睨み、子供たちに向かって大きな声を出した。「あんたら、ここで野球やっちゃいけないの知ってるでしょう」そして、正人に向かって言った。「あんた、自治会長の斉藤さんだわね。あたし、知ってるんだから、隠したって駄目よ」

正人もこの老婆を知っていた。公園の対面にある一号棟の一階に住んでいる金田である。亭主に先立たれ、独り暮らしで、とかく近所との間で諍《いさか》いを引き起こすことで有名なトラブルメーカーであった。

正人が言った。

「ええ、自治会長の斉藤です。お宅様は確か、一号棟の金田さんでしたね」

老婆は丸くなった背筋を精一杯伸ばし、正人を見下ろすように言った。

「そうよ。金田です。あなた知ってるでしょう？　ここでの野球は禁止なの。煩《うるさ》いし、ボールが庭先まで飛んできて危ないでしょう」

正人が穏やかな調子で言った。

「野球と言いましてもね。これは、子供たちの遊戯《ゆうぎ》ですよ。ボールだって、軟式テニスのやわやわですからね。それでもいけませんか？」

「当たり前ですよ。やっと最近子供たちが居なくなったと思っていたのに。兎も角、私は子供のはしゃぎ声が嫌いなんですから……」老婆はぶつぶつ言いながら帰って行った。

成り行きを見守っていた久保田が言った。

「この辺に野球ができるグラウンドはありませんか？」

正人が応えた。

「ああ、在りますよ。わんぱく公園ていうんですがね。昔はこのハイツにも少年野球のチームがありましてね、『サンライズ・ファイターズ』っていうんですがね。そこをホーム・グラウンドにしていたんですよ。近くですから、行ってみましょうか」

「ええ、お願いします」久保田が立ち上がって子供たちに叫んだ。「おおい、皆、グラウンドに行って野球をやろう」

「わーい！」「やろう、やろう」子供たちが一斉に叫んでいた。

わんぱく公園は、ハイツから歩いて七、八分のところにあった。元々は、多目的な広場であったが、簡単なバックネットがあり、市役所に事前に届け出れば野球ができたのであった。二十数年前は、幾つかの少年野球チームが交替で使ったものである。

日曜日の午前中なのに、小学生ぐらいの子供たちが三人、キャッチボールをしているだけであった。手入れが行き届いていないと見えて、所々に雑草が生えていた。

久保田が、キャッチボールをしている子供たちに声をかけた。

「おーい、君たちも一緒に野球の練習やろうよ」

声を掛けられた子供たちと義則たちとは同じ小学校らしかった。

「皆、集合」久保田の周りに輪ができた。「よし、皆、野球が好きか」久保田の問い掛けに、「うん、好き、大好き」子供たちの賑《にぎ》やかな声が返ってきた。

久保田も子供たちに負けない大きな声を出した。

「よし、じゃあ皆で野球のチームを作ろう。さあ、練習だ」

女の子も交じった総勢九人の野球チームの誕生だった。勿論、本格的な野球の経験者は数人しかいなかった。中にはキャッチボールすら満足にできない子もいた。正人も、久しぶりにキャッチボールの相手をしたが、ボールをうまく投げられなかった。

その日は、二時間ほどで終えた。

ハイツへの帰りの道すがら、正人が久保田に声をかけた。

「久保田さんは元高校球児ですか？」

久保田が口元に笑みを浮かべて言った。

「ええ、でも甲子園には出られませんでした。……野球、好きなんです。福島では義則のチームの監督をやっていました」

「そうだったんですか。義則君の投げる球は本格的ですものね」

久保田が急に足を止め、正人の方に向きを変えて言った。

「斉藤さん！　義則の為に野球チームを作ってあげたいんです。どうしたらいいでしょうね？」

その真剣さにちょっと驚きながら言った。

「そうですね、ハイツには、今日来た子供たちの他にも野球に興味のある子が居るでしょうからね。自治会の掲示板に張り出してみたらどうですか？」

「自治会長さん、貼り紙を許可していただけますか？」

「勿論です。……それと、用具ですね。昔子供たちが使っていたのがあるかもしれませんよ。グローブ、バット、スパイクだとかね。なるべくお金を掛けないことですよ」

「うん、それは大事ですね」

正人が笑顔で言った。

「ハイツには、私のような『オールド・ファイターズ』が居りますからね。出来るだけ協力しますよ」

久保田も笑顔で応えた。

「有難うございます」


日曜日の朝、わんぱく公園には子供たちの声が響いていた。新たに結成された少年野球チーム、『サンライズ・ファイターズ』である。守備練習についている子供の頭数は、全部で十二人である。子供たちのいでたちはばらばらであった。ユニホームが間に合わないのである。

ノックをしているのは久保田だった。傍で悠然と腕を組みながら眺めていたのは、『大ちゃん』こと大田である。流石《さすが》に昔取った杵柄《きねづか》、ユニホーム姿が板についていた。時々大きな声で子供たちに指示を与えていた。壊れかけた木製のベンチには、正人、伊藤、吉田の『オールド・ファイターズ』がだらしない格好で座っていた。彼らも先週の練習には参加したのだが、その後一週間というもの、体のあちらこちらが痛くて動けなかったのである。今や、口先だけのベンチ・ウォーマーである。

吉田が、およそ少年野球には似つかわしくない格好で、ポケットから煙草を取り出し、ライターで火を点け大きく吸い込んだ煙を吐いた。

「しかしよー、この歳になって少年野球を見るのもいいもんだな」

正人が話を継いだ。

「あれから何年になるかな。二十年にはなるね。……相変わらず大ちゃんは様になっているじゃない」

伊藤が続けた。

「それに比べて我々はもう駄目ですね。身体が言う事をきいてくれませんよ。口だけですね、参加できるのは」

吉田が靴の底で煙草をもみ消しながら言った。

「しょうがないよ。歳だからな。……それにしても、大ちゃんは本当に野球が好きなんだ。まあなにせ、甲子園球児だからな。そんじょそこいらの野球好きとは格が違うぜ」

グラウンドではフリー・バッティングが始まっていた。ピッチャーは女の子だった。子供たちの中では一番背が高かった。ぎこちない投球フォームだったがなかなかのスピードだった。打席に立った男の子のバットにはかすりもしなかった。

吉田が掌をメガホンにして大声を出した。

「こら、ぼうず。女の子に負けるな！」

新生『サンライズ・ファイターズ』の初陣の日がやってきた。わんぱく公園のグラウンドには、緊張した面持ちの十二人の子供たちが並んでいた。やっと取りそろえたユニホームは、所々ほころびや黄ばみがあった。スパイクやグローブもどう見ても使い古しであった。監督は大田、コーチは久保田であった。『オールド・ファイターズ』の三人組は、応援席のベンチに腰かけていた。

相手チームは近くの団地にある、『あすなろタイガーズ』であった。試合前の練習でも、子供たちは皆、試合慣れしていると見えてきびきびとして様になっていた。相手側のベンチには大勢の父兄が詰めかけていた。

トイレから戻って来た伊藤は、そわそわと落ち着きが無かった。

「何だか、緊張しますね」

正人が応えた。

「そうだね。久しぶりだからね。それにしても、相手は強そうだな。初戦の相手としてはどうなのかな」

吉田の貧乏ゆすりが伝わってきた。彼も緊張している証拠だった。

「いいんだよ。最初が肝心《かんじん》だ。ぼろ負けしてもいいのさ。男はなー、そこから這い上がるのよ。それが男ってもんよ！」

伊藤がすかさず言った。

「だけど、うちのチームには女の子もいますからね」

吉田は聞こえたのか聞こえなかったのか、構わずに身を乗り出して大声を上げた。

「サンライズ・ファイターズ、負けるなよ。元気出していけ！」

サンライズ・ファイターズが後攻だった。ピッチャーは義則だった。ベンチから見ていても、なかなかのスピードであるのが分かった。

主審の右手が上がり、「プレーボール」の声が響き渡った。

義則の投げた第一球は真ん中のストライクだった。相手チームのバッターは手が出なかった。

「××ちゃん、頑張って！」相手チームの方から、黄色い声援が飛んできた。負けじと、吉田のどら声が響き渡った。「久保田、いいぞ。その調子だ」

三球目だった。ボテボテの内野ゴロを、ショートが見事にトンネルをしてしまった。二番バッターは、サードの一塁悪送球で塁に出た。続く三番バッターのあたりは平凡な外野フライだったが、レフトが万歳をして一挙に三点を失った。

試合は一方的な展開になっていた。三回の表までに、十五対ゼロであった。ベンチに座ったオールド・ファイターズの三人の声も湿りがちだった。このままだと、三回コールド負けであった。

吉田が立ち上がり大声を上げた。

「『サンライズ・ファイターズ』、ここからだぞ。あんな『うすのろタイガーズ』に負けるなよ」

伊藤が、吉田の袖を引っ張り、小声で言った。

「吉田さん、『うすのろ』じゃなくて『あすなろタイガーズ』ですよ」

「なに、良いんだよ」吉田が引っ張られた袖口を振り払い、掌をメガホンの代わりにして怒鳴り声を上げた。「よーし、打っていけよ。そんなへなちょこボール、打てるぞ」

相手チームの応援席から大声が返ってきた。

「『日の出屋』チーム頑張れよ!」別な男が続けた。「サンライズじゃなくてサンセットだろう。いよー、『たそがれファイターズ』頑張れよ!」三人のところにまで笑い声が聞こえてきた。

吉田が益々いきり立って声を荒らげた。

「何を! しゃらくせいや。言わせておけばいい気になってからに」今にも飛び出しそうな勢いだった。

見かねた主審が、両チームに向かって声を上げた。

「応援席、静かにしてください。これは少年野球ですからね。言葉を慎んでください」

結局、その回の攻撃もゼロ点に終わり、サンライズ・ファイターズの記念すべき初陣はコールド負けとなった。

吉田が座ったままの二人に告げた。

「帰ろうよ!」

正人が頷きながら応えた。

「そうだな。帰ろうか」

伊藤が訊いた。

「大ちゃんはどうする?」

吉田がグラウンドを顎で指し示しながら言った。

「これから反省のミーティングがあるんだろう。その後で練習もな。……腹減ったし、帰ろうよ」


三人が向かったのは、喫茶店「サンセット」だった。昼時を過ぎたせいか、店は空いていた。

「いらっしゃい!」ママの声がした。「今日はお揃いで何? 大田さんは見えないけど」

応えたのは正人だった。

「少年野球!」カウンターに座りながら続けた。「大ちゃんは来ない。我々、三人の『サンセット・ボーイズ』だけ!」

伊藤が継いだ。

「そう! 喫茶店『サンセット』が大好きなおじさん達」

「何それ?」ママが水の入ったグラスをカウンターに置きながら続けた。「少年野球って、誰の子供よ?」

吉田がグラスを引き寄せながら言った。

「子供って、俺たちの子供のはずがないよ」

「じゃあ何よ？　まさかお孫さん」

正人がグラスの水を飲み終えて言った。

「僕、孫居ないんですよ。……実はね、うちのハイツの子供たちを集めて少年野球チームを作ったのさ。今日はその応援の帰りというわけ」

ママが納得した顔で言った。

「ああ、そういうこと。じゃあ、大田さんは？」

正人が応えた。

「大ちゃんは、そのチームの監督。何しろ、彼は甲子園球児だったんだからね」

「へー、そうなんだ。人は見かけによらないものね」ママは言いながら、メニューを三人に配っていた。

吉田がメニューをちらりと見ただけで注文した。

「俺、ナポリタン。あと、ホット・コーヒー」

伊藤が続いた。

「僕は、オムライス。コーヒーも」

最後が正人の番だった。

「じゃあ、僕はカツカレー」

ママがメニューを回収しながら正人に訊いた。

「お飲み物はどうします？」

「僕にもコーヒー」

昼時をとっくに過ぎているせいか、少年野球の応援で大きな声を出したせいなのか、三人はそれぞれが注文した品を、欠食児童のようにがつがつと食べていた。時々、大皿と擦れあうスプーンの音が聞こえるだけであった。

「ふー、食った食った」

「美味《うま》かった！」

コーヒーを啜る音が聞こえてきた。

吉田が、カウンターの隅に置いてあった灰皿を取り寄せ、煙草に火を点けた。深く吸い込んだ煙を吐き出しながら奥に声をかけた。

「ママ、食後の一服にレコードを聴きたいんだけど。ＣＤじゃないぜ！」

「はーい」ママが奥から出て来て、レコードの入ったラックを覗きながら訊いた。「何がい い？　吉田さんにはこれが似合うかな」返事を待つまでも無く一枚のＬＰレコードを取り出し、プレーヤーにセットしていた。

やがて、レコードが回転しだしたのか、ジーという音がして前奏が始まり、女性ボーカリストの甘く囁くような歌声が流れてきた。『イエスタデイ・ワンス・モア』だった。三人は焦点《しょうてん》の定まらぬ目で何かを見つめ、黙って耳を傾けていた。

ママが言った。

「如何？　吉田さん好みの曲でしょう」

「好みって程のことは無いがね……。若いころはよく聴いたよな」

ママが笑い顔で続けた。

「青春の思い出は？　……良いことあった？」

「全然！　とってもブルーな青春さ」吉田が二人を見比べながら続けた。「お二人さん、如何かね？」

正人が継いだ。

「まあそうだね。僕らは生まれた時から競争させられる運命にあったからね。高校受験に大学受験、受験地獄って言葉が一番似合っていたよ。団塊の世代だもんな！」

伊藤が言った。

「僕はこの曲、よく深夜放送で聴いたな。もっとも当時若かったからさ、この曲の歌詞のように、昔のことを思い出すことは無かったけどね。いや寧ろ、将来に何かあることを期待していたな……。結局何もなかったけどさ」

吉田が黙って二本目の煙草に火を点けた。彼の周りの空間だけに紫煙《しえん》が立ち込めていた。それぞれが、それぞれの思い出に浸《ひた》っている間に、いつの間にか、アップテンポな曲に代わっていた。

正人がグラスの底に残っていた水を一気に飲み干し、グラスを置いて言った。

「吉田さん、高校九州だっけ？」

「ああ、小倉生まれで玄海育ちってさ、『無法松』だよ」

「ふーん、じゃあ男子校だ」

「そう。戦後二十年も経ってからに、男子と女子が別々だぜ。遅れてる！　民主主義を何と心得ていたんだろうな。当時の教育者たちは」

正人が言った。

「僕は男女共学だったな。北海道の公立高校は例外なくそうだったよ」

「まあ、それが普通さ」吉田がポットの水をグラスに注ぎ、水を一口含んで話を続けた。「学ランに学帽、おまけに丸刈りときた。分かるだろう？　俺、格好つけてさ、なるべく髪長くして帽子被らないでいたんだ。そうしたらある日、校門で服装チェックをしていた担任につかまってさ、酷い目に遭ったんだ。その日のホームルームで、そいつが言うんだよ。吉田！　お前はこれで三回目だぞ。これからお前の事を『無ボウ松』と呼ぼうってよ」

伊藤が頓狂《とんきょう》な声を発した。

「無ボウ松！　『無法松』じゃ無かったのかい」

「まあな。それから俺は好んで『無法松』と自分を呼ぶようになったんだ」

正人が継いだ。

「だから吉田さんは硬骨漢《こうこつかん》なんだ」

吉田が照れたように下を向いて言った。

「いや、そういう訳でもないんだ。……だからつまりさ、何かを求めて華の都へ上京したのよ。分かるだろう？　現状打破！　W大の工学部に入って、練馬の大根畑の見える木造のボロアパートに下宿してさ」

横から伊藤が口を挿んだ。

「で、良いことありましたか？　女子大生に取り囲まれて」

「あるわけないよ。みな同じだろう？　田舎者にとってはさ。おまけに入学したと思ったら学園紛争で、ロックアウトさ。全共闘《ぜんきょうとう》だの心情三派《しんじょうさんぱ》だの騒いでいた連中が、その内、まじめな顔をして教室に通いだしてな。四年生になったら、こざっぱりした頭をして、押し入れに仕舞ってあったような学生服を引っ張り出して、就職活動よ」吉田が残っていたグラスの水を一気に飲み干し、唇を手の甲で拭って続けた。「こちとら、のほほんとしていたから、成績は悪いし、就職活動に出遅れるしだ。おかげで三流土建会社に就職したってわけさ。……良い事なかったぜ！」

吉田が、空になったグラスを手で弄《もてあそ》び、気が付いたようにママを呼んだ。

「ママ！　ブランデーくれる。一番高いやつ」

カウンターの奥から声が返ってきた。

「はいはい。高いったって、XOなんかあるわけないでしょう」

「分かってる。何でもいい」

ママが、ブランデーグラスをトレーに載せて現れた。

「他の皆さんは？」

正人が応えた。

「僕はスコッチ、オン・ザ・ロックで。シーバスリーガルの十二年物で結構」

「じゃあ僕はカンパリ・ソーダ」

吉田が掌で転がすブランデーの馨《かぐわ》しい香りが、あたりに漂っていた。

正人は、目の前に置かれたウイスキーのグラスに手を伸ばし、ゆっくりと口元へ運んだ。氷の冷たさとウイスキーの香りが喉を刺激した。グラスを置くと伊藤に問いかけた。

「イトケンさんは、確か京都の生まれだったね？」

「そうですよ」

吉田が伊藤の顔をしげしげと見つめ、感心したような声を上げた。

「ふーん、成る程。だからイトケンさんは雅《みやび》いた顔をしているのか」

「へへー、それほどでもないんですけど。……京都と言っても広いですから。僕の生まれ故郷は、若狭《わかさ》湾に面した漁村でして。田舎なんです」

「何？」吉田が眉間にしわを寄せて伊藤の顔を睨みつけ、続けた。「そうだろう！　いや、俺もそうではないかと思っていたんだ」

　正人が声を出さずに笑った。

「イトケンさんは、確か大阪の外語系の大学だよね？　じゃあ、さぞかし女子大生にもてたろうね」

「それがね、フランス語やスペイン語を学びたかったんだけどね、結局ポルトガル語なんだ。全然人気が無くてね、クラスには女性は数人さ」

　吉田が継いだ。

「ポルトガル語か。ブラジルがあるじゃないの。情熱の国サンバ。イトケンさん好みじゃないの」

「僕の入った商社は、特定商社でね、ブラジルは強くなかったんだ。会社にポルトガル語の先輩が居て、お鉢が回ってこなくってね。それである日、上司に呼ばれて南米のコロンビアはどうだって訊かれて、スペイン語は話せませんて言ったんだ。そうしたらその上司、ポルトガルとスペインは隣同士だし、津軽弁と秋田弁くらいの違いだろう、何が問題だと言って、結局最初の海外駐在はコロンビアに決まったんだ。酷い話さ」

　吉田がニヤニヤしながら言った。

「まあ、それからイトケンさんの楽しい人生が始まったんだろう？」

　伊藤が真面目な顔で応えた。

「そりゃあ、最初の頃はね。でも、結婚して子供ができるとそうもいきませんわね。コロンビアの後が、パナマ、チリ、メキシコと危険なこともありましたよ。……まあ今は、こうやって昼間からお酒が飲めますからね……」

「そうだ、俺たちは一生懸命働いてきたんだ。ママ、お代わり！」吉田が空になったグラスを高く上げた。

「僕も、ウイスキー」

「僕も、もう一杯」

二杯目のグラスがそれぞれの目の前に運ばれてきた。

正人はグラスを手に取り、ゆっくりゆすると、氷がぶつかりあってカラカラと音がした。そのグラスを見つめたままで、つぶやくように言った。

「僕も田舎を出て、都会に出てきた口だ。会社に入って、結婚して子供が出来て家を買って、一生懸命働いたよ。子供が大きくなって、家を出るころにやっと住宅ローンを払い終わってさ。そうしたら定年の年頃になっていた。人によっては、まだ働いている人もいるけどね……」一旦《たん》口を噤《つぐ》むと、ウイスキーグラスをぐいとあおった。そして次に出たのはやけに自嘲《じちょうてき》的な言葉だった。「……職業無職。年金生活者か！」

吉田が継いだ。

「良いんだよ。年金生活大いに結構！　働きたい奴には働かしておけば。俺には年金暮らしが性に合っているね。こうやって好きな時に酒を飲む。自分の銭《かね》だ、誰に遠慮が要るもんか」

伊藤が続けた。

「でも、働き方にもよるね。若い人たちの仕事を奪うのはどうかな。……ボランティアがいいと思うな。それに、年金って将来もこのまま続けていけるのかな？　どこかで破綻しないのかな？」

「ふん、そんなの俺たちが考える事じゃないよ」

伊藤も正人も応えなかった。

沈黙が続いた。レコードはとっくにとまっていた。

伊藤が独り言のようにぽつんと言った。

「僕たち、少なくとも負け組じゃないよね！」

吉田が直ぐにそれに反応した。

「ああ、勿論さ。……でも、勝ち組でもないぜ」

暫く考えた後で正人が言った。

「勝ち組でも負け組でもない。……引き分けだね。僕らは人生に引き分けたんだよ」

吉田がニヤリと笑った。

「引き分けか！　いいこと言うぜ」

「そうだね」伊藤も頷いた。そして二人の方を向くと、ニコニコしながら続けた。「僕、人と争うの苦手なんだ。だから、引き分けが一番性分に合っているんだ」

店の外では木枯らしが吹いていた。窓から見える街路樹の裸の枝が寒そうに震えていた。店の中は暖かだった。昼下がりのアルコールが眠気を誘った。

九

火曜日は可燃ゴミの収集日だった。ゴミを出すのは正人の役目だった。

ゴミ集積場には、八時前だというのに管理人がいて、カラス除けのネットをかぶせる作業をしていた。挨拶をしたのは正人の方が先だった。

「管理人さん、お早うございます。いつもご苦労様ですね」

管理人は作業の手を休めて、正人を見上げ挨拶を返した。

「ああ、理事長さん。お早うございます。寒くなりましたね」何かを思い出したのか、腰を伸ばし立ち上がって続けた。「そういえば今日、引っ越しがあるんですよ。例のね、四号棟の四〇四号室に」

正人の思考回路が直ぐには反応しなかった。

「うん？　何の話でしたっけ」

管理人がもどかしそうに言った。

「ほら、鳴海さんの件ですよ」

「ああ、鳴海さんの件でしたね」正人が得心したように続けた。「そうか、相続問題も売却もやっとけりが付いたんだ」

「ええ、お陰様で、管理費と修繕積立金の未収金も全額回収できましたよ。それに、葬儀代の立て替え分もね」管理人が帽子を取り改まって頭を下げて言った。「理事長のご苦労の賜物《たまもの》です。本当に有難うございました」

「いやいや、お礼を言われるまでも無いですよ」思わず正人の口元が綻《ほころ》んだ。「でも、解決して良かったですね」

「本当ですね。さっき、引っ越しのトラックが着きましたから、ちょっと行ってみましょうか」

二人が四号棟の前まで来ると、もう荷物の積み降ろしが始まっていた。家具や段ボール箱が階段の下に積み上げられていた。これから、階段を使って運び上げるのだろう。ふと見ると、荷物の陰にママチャリと子供用の自転車と三輪車が置かれてあった。

それを見て正人が言った。

「どうやら、小さなお子さんが居る家族のようですね」

管理人も同じことを考えていたと見えて直ぐに応えを返してよこした。

「そうみたいですね。まあ、家族連れの方が安心ですからね」

正人は黙って頷いた。

二人はその場を離れ、ハイツの周りを回ってみることにした。一号棟の前まで来ると、階段の下に黒いワゴン車が停まっているのが目に付いた。品川ナンバーの車だった。夕べから停められていたのか、車のボディーには朝露《あさつゆ》が一面に付着していた。ここは、荷物や人の乗り降り以外で長く車を停めるのは禁止だった。

その時だった。一〇三号室の玄関のドアが開き、中年の女が現れた。管理人と正人の前まで来ると辺りを気にするように見回し、小声で言った。

「理事長さん、丁度いい所に来てくれたわ。ちょっと話があるのよ」

正人も女とは面識があった。確か、ここの一階に住んでいる野口といったはずだった。

「はあ、何でしょう？　野口さんの奥さんですよね」

「あら嬉しいわ。斉藤さん、私の名前覚えていてくれたんだ」

正人は思わず苦笑いをしてしまった。

「ええ、で、話は？」

「そうそう」野口夫人はもう一度辺りを見回し、声を潜めて言った。「実はね、この車、最近ずっとここに停めてあるのよ。どうやら、ここの三階の人間みたいなんだけどね」

正人が管理人の方を見て言った。

「一号棟の三〇三号室ですか。今はだれが入っているんですかね？」

管理人が首を傾げ、自信なさそうな声を出した。

「ここの所有者は確か、ここに住んでいないんですよ。だから借家人でしょうかね。詳しいことは調べないと分かりませんがね」

野口夫人が継いだ。

「何回か、中年の男の人が降りて来るのに会ったのよ。でも知らない顔だった。それとねえ、時々変な人たちが来るのよ。その男の人の部屋に」

正人が訊いた。

「変な人たちって？」

野口夫人は尚《なお》一層声を落として囁くように言った。

「普通の人じゃないの。なんて言ったらいいか、一言《ひとこと》で言ったら怖《こわ》そうな男達よ。分かるでしょう？　それで、酒でも飲んでいるのか夜中に騒ぐのよ」

管理人が何かを思い出したように言った。

「そういえばね、最近続けてゴミの出し方のルールを守らないケースがあったんですわ。多分夜中にゴミを出してあったんでしょうね。朝来たらカラスに袋を破られて周りがゴミだらけになっていましたよ。ひょっとすると、その人達かもしれないな」

「分かりました」正人が野口夫人に言ってから、管理人に向かって続けた。「兎も角、一号棟三〇三号室の書類を見てみましょう。それと、この車には駐車禁止の貼り紙をワイパーに挟んでおいてください」

正人は三階のベランダのあたりを見上げてみたが、特に不審な様子も無かった。不満そうな野口夫人に向かって、「じゃあ何かあったら知らせてください」言い置いて歩き始めた。管理人もそれに続いた。


五分後、二人は頭を突き合わせて、机の上に置かれたファイルを覗き込んでいた。一号棟三〇三号室のファイルだった。所有者と居住者が時系列に綴《と》じられていた。現在の所有者は大《おお》隅《すみ》啓二、昭和二十年生まれ、無職、現住所がマレーシアのクアラルンプールとなっていた。

最初に声を出したのは正人だった。

「この大隅さん、最近見ないと思ったら海外に居るんだ」

管理人が応えた。

「そうそう、一人海外に住んでる方が居ましたね。管理組合の総会の時、そんな話を聞きました。多分、この方でしょう。確か、開催通知は街のT不動産屋に頼んで送ってもらったはずですよ」

「ふーん」正人は次の居住者が記載されたページを捲った。「えーと、現在は借家人の橋本治夫ですか。ということは……、大隅啓二さんと橋本治夫なる人物が、T不動産を介して借家契約を結んだということですか」

「そういう事になりますね」

正人はさらに先を読んでいった。

「橋本治夫、五十七歳、会社員、保証人（兼緊急連絡先）がTP商事株式会社ですか。それから、同居人なしで駐車場も無しと。固定電話が無しで、携帯電話の番号が書いてありますね。契約日が先月の初めになっていますね」

管理人が当惑《とうわく》した顔で言った。

「橋本治夫！　こんな人、見たことありませんね。理事長は？」

「僕だってないですよ。……しかし、別にこの人が何かしたわけでもないですからね」

「そうですね、あの野口さんの奥さん、普段から口うるさい人ですからね」

管理人は、口にこそ出さなかったが、誰だってトラブルには巻き込まれたくないのが本音のはずだった。正人だって同じだった。危ない人間には近づきたくなかった。

「まあ、もう少し様子を見てからにしませんか」

管理人がもっともだというように頷いた。

「そうですね。そうしましょう」

その日の夕方、正人は居間のカーテンの隙間から外を覗いてみた。一号棟の三〇三号室が目線上にあった。対面に見える全ての窓はカーテンで覆《おお》い隠され、中の様子を窺《うかが》い知ることができなかった。目線を下に向けると、今朝階段の下にあったはずの黒いワゴン車の姿は何処にもなかった。

何日かが過ぎた夜中の事だった。

正人は尿意を催《もよお》しトイレに起きた。ふと思い出して、部屋の窓から外を覗いてみた。階段の下には、黒いワゴン車と色はよく判別できなかったが暗色のセダンが縦列に停められていた。少し離れたところには、大型のバイクが置かれてあった。対面の三〇三号室からは、微《かす》かに灯りが漏れ出ていた。明らかに、何人かの人間がそこに居る証拠だった。正人は窓を細目に開け、耳をあててみたが物音を捉《とら》えることはできなかった。

集会所のロの字型に配置されたテーブルには、十人ぐらいの人間が席に着いていた。平日の所為なのか、年配者の男性と女性が目立った。その中の何人かに、正人は面識があった。いずれも一号棟の住民である。正人と管理人は、彼らに取り囲まれるようにして、テーブルの一辺に並んで座っていた。

正人にとって、それは突然の事であった。管理人から、一号棟の住民大会があるから来てくれとの電話があったのは、つい今しがたであった。

人々の騒《ざわ》めきの中、立ち上がったのは正人だった。

「理事長と自治会長を兼務しています斉藤です。一号棟の皆様方がお集まりということですが、どういった問題でしょうか？」

騒めきが静まると、声を上げたのは野口夫人だった。

「斉藤さん、何がって決まっているでしょう。こないだから言っているじゃないの、三〇三号室の問題よ。車は違法駐車をするわ、夜中に騒ぐわ、おまけに、階段に煙草の吸い殻を捨てたので注意をしたら、人の事を婆《ばばあ》っていうのよ。あれは暴力団に違いないわよ」

隣に座っていたおばさん風の女性が、野口夫人の話が終わるのを待ちかねたように手を挙げた。

正人が女性を指さして言った。

「そこの女性の方、どうぞ。あっ、先に号室とお名前をお願いします」

「私、三〇四号室の浅野と申します。家の向かい側なのよ。夜中に変な声を出すし、時々階段の踊り場に屯《たむろ》しているのよ、人相の悪い男達。傍を通るとき変な目つきで人の事を見るのよ。こないだなんか、『今晩付き合わない』なんていうのよ。私怖くって！」

正人は心の中で（襲《おそ》われるような歳でもないじゃないの）と思ったが口には出さずに訊いた。

「で、具体的に何か被害のようなことはあったんですか？」

別なテーブルに座っていた初老の男性が声を荒らげた。

「被害が発生してからじゃあ遅いんだよ！」

正人が声をかけた。

「すみませんが、お名前を」

ぐいと睨みつけるようにして続けた。

「四〇四の須藤だがね。このハイツには子供も、若い女性も居るんだよ。それこそ、事件にでも巻き込まれたらどうすんだよ。即刻《そっこく》、善処《ぜんしょ》してもらわにゃあ困る」

正人が出席者を眺めまわして言った。

「他に、具体的に迷惑を被《こうむ》った方はいませんか？」

「はい」女性が手を挙げた。

「どうぞ」

「二〇二号室の原田です。私、一号棟の自治会の役員なんです。この間、三〇三号室に自治会費の徴収に伺ったんです。名簿では橋本治夫さんて方が住んでいるはずなんですが、居ないって言うんですよ」

正人が言った。

「はあ、で、誰がそう言ったんですか？」

「男の人よ。何か人相の良くない、怖そうな感じの人よ」

「その男は何者なんですかね？」

「さあ、分からないわ。ただその男が言うには、橋本さんは不在で自分が留守を頼まれているんだってね。だから自治会費は払えないって。その言い方がね、何と言うんだろう、どすが利いているっていうのかな。私ぞーっとしちゃった」

隅の方に座っていた男が声を上げた。

「そういうのが一番怪しいんだよ。暴力団が使う手だよ。そうは思いませんか？」

「あの、お名前を」

「ああ、失礼しました。四〇五の橋爪です。管理組合の規約に、反社会的組織集団には部屋の所有も賃貸も禁じているはずです。理事長、早速退去してもらってください」

正人は男の言い方や態度にカチンときたが、無理に笑顔を作って言った。

「橋爪さんはこういう事にお詳しいですね。私は勉強不足でよくわかりませんが、仰る通りなんでしょう。でも、この人が所謂暴力団の構成員かどうかは分かりませんですし、具体的に何か迷惑を被《こうむ》ったという事例がない以上はね……」

すかさず須藤が、入れ歯の調子でも悪いのか、口から唾を飛ばして吠えた。

「何を言っとるのかね。その男が何者だろうが、皆が出て行けと言うんだから出て行ってもらおうじゃないか」皆に同意を求めるように、左右を見回して言った。「皆、そうだろう？」

「そうだ、そうだ」の声が上がった。

正人が穏やかな声で言った。

「お気持ちはよーくわかります。住民にとって、安心安全が一番ですからね。……こういった場合、確か組合員の四分の三とか、五分の四の賛成があれば立ち退かせることができるはずです。必要なら弁護士事務所に頼みますがね。でも、相手にも人権がありますから、正当な理由なのかどうか裁判で争うことになりますよ。裁判には、お金も時間もかかるでしょうね。……原告には誰がなるんですか？　お金は誰が負担するんですか。一号棟の皆さんですか？」

座が静まり返ってしまった。

正人は腕時計に目をやった。始まってから、一時間以上も経っていた。

「皆さんがご心配の通り、ことが起こってからでは遅いですから、最寄りの警察にも相談してみます。それと、何か少しでも、市の迷惑防止条例に違反する事実が起きたら直ぐに連絡してください。犯罪性が無いと、警察は動いてくれないんですよ。お分かりですね。……それでは今日のところはここまでにいたします。次回は追って連絡しますのでよろしくお願いします」

正人は立ち上がって頭を下げ、そして座り直した。参加者は三々五々、会議室を出て行った。

(俺の時に限って、何でこう問題ばかり起きるんだよ) 思わず溜め息が出てしまった。それが伝染したのか、隣に座ったままの管理人も溜め息をついていた。

「理事長、どうしますかね？」

「うん、……しょうがないな、とにもかくにも、一号棟の三〇三号室を覗いてみようよ。留守番を頼まれたという、その男に会って訊いてみるしかないでしょう」

管理人は正人の問い掛けにも下を向いたままだった。

正人は続けた。

「管理人さん、今から行ってみましょう」

「えっ、私もですか？」

「そうです。これはあなたの仕事でもあります。勿論、理事長として自治会長としての責任は私にありますがね」

管理人が情けない声を出した。

「二人だけで行くんですか？　大丈夫ですかね」

「うん、……確かに」

正人だって怖かった。つい心細い本音が出てしまった。

「大丈夫でもないですね。誰か他に……」何か閃いたのか、右の拳《こぶし》で左の掌《てのひら》をとんと叩くと、

「そうだ、副理事長の吉田さんに頼もう。彼は何しろ、小倉生まれの無法松ですからね。ちょっと呼び出しましょう」

「ああ、それは良い考えです。吉田さんが居れば心強いです」

管理人の顔が少し明るくなったような気がしたのは、正人の気のせいだろうか。

結局、吉田をつかまえることができたのは夕方だった。事情を話して同行を求めたのだが、何のかんのと理由をつけて「うん」とは言ってくれなかった。それでも同意させることができ

た最後の決め手は、「頼みますよ吉田さん。よっ、小倉生まれの無法松！」であった。

三人は一号棟の三〇三号室に向かって階段を上っていた。先頭が吉田、次が正人、管理人が最後であった。

「何だか、前にもこういうことがあったな」吉田が振り向いてそれだけ言うと、上を向き、意を決したように忍び足で上って行った。付き従う二人も、音をたてぬようにそれに続いた。

アルコープには防犯灯が点っていた。入り口のドアの前に辿り着いた時には、何故か正人が先頭に立っていた。後ろの二人を振り返っても、呼び鈴を押してくれそうになかった。正人は、しばし躊躇った後、意を決して呼び鈴を押すと、（ピンポーン）呼び鈴の音がやけに大きく聞こえ、慌てて指を離してしまった。人の動く気配は無かった。正人が再び呼び鈴を押した。今度は立て続けに（ピンポーン、ピンポーン）二回鳴った。

中から男の声が聞こえてきた。

「何だよ、うるせーな！」

内カギを開ける音がして、入り口のドアが開いた。身構える三人の前に顔を突き出したのは、パンチパーマの若い男だった。

男は三人の顔をじろりと睨みまわした後、甲高い声で言った。

「何？　何か用かい。押し売りだったら間に合ってるぜ！」

一番前に立っていた正人が応える羽目になった。

「あのー、管理組合の者ですが、橋本治夫さんはご在宅ですか？」声が少し上ずってしまった。

若い男が面倒くさそうに応えた。

「橋本！　誰それ？」

奥の方から野太い声がした。

「毅《たけし》、何だよ？」

「あ、兄貴！」

若い男を押しのけ、玄関のドアを大きく開いて現れたのは中年の男だった。一見すると、服装も髪型も普通の何処にでも居る男だったが、目つきが違っていた。よく見ると目の上あたりに傷があった。男は、三人に一瞥《いちべつ》をくれた後、口を開いた。

「何か用ですかな？」何とも表現のしようがない、低くくぐもった声だった。

正人は思わず半歩後ずさってしまった。吉田と管理人はさらに後ろだった。正人が口ごもりながら応えた。

「あのー私たち、このマンションの管理組合の者です。名簿によればこちらには橋本治夫さんがお住まいになっているはずですが。今、ご在宅ですか？」

男は無表情だったが、存外優しい声で言った。

「ああ、橋本さんね。居ないんだわ。で、何の用？」

「居ないって、今どちらにおいでですか？」

「居場所かい？　海外旅行してるんだ。今頃は何処かな」

「連絡はとれないんですか？」

男が苛立たしげな口ぶりに変わった。

「駄目だね。で、お宅ら何の用だい？」

正人は逃げ出したいのをかろうじて堪《こら》えて続けた。

「用って、あのー、ここにマンションの管理規約がありますから読んでください。ゴミの出し方とか車の停め方が書いてありますから」

正人が差し出した管理規約のコピーを男は受けとると、後ろに従っていた若い男に向かって、

「毅、お前よく読んどけ！」とどすの利いた声で言ってコピーを渡した。

男がドアを閉めそうになるのに、正人が慌てて言った。

「あっ、すみません。そもそもお宅様たちは橋本さんとどういう関係ですか？」

ドアを半開きにしたまま男が面倒くさそうに応えた。

「えっ、俺たちは橋本さんのお友達。頼まれたの、留守番を」

「はあ、留守番ですか！」

「そう、留守番！　最近は物騒だからね。そういうことだからさ、じゃあね」

正人の目の前でドアがガチャンと閉じてしまった。中から内カギをかける音が聞こえてきた。

三人は力ない足取りで階段を下りていた。先頭を行く吉田が踊り場で足を止め、振りむくと

声を低くして言った。

「あれはどう見てもトーシロじゃないぜ。モノホンの『やの字』だよ」

正人が訊いた。

「モノホンの『やの字』って？」

「やくざってこと。俺も、土建屋の荒くれ者とは付き合ったことがあるがな」吉田が言いながら、自分の頬っぺたを指で切る仕草をした。「本物はいけないぜ。『君子危うきに近寄らず』っていうからな」

管理人が不安そうな顔をして継いだ。

「本当ですね、怖いですね。『触らぬ神に祟りなし』ともいいますから。理事長さん、やっぱり警察に相談しましょうよ」

正人だって、怖かった。こんなことに関わるのは嫌だった。

「警察か！　……そうするしか方法が無いな。……はーあ」思わず溜め息が出てしまった。

それでも、正人は気を取り直し、二人に向かって笑顔を作ったつもりだった。しかし、頬が引き攣《つ》ってしまって、うまくしゃべれなかった。「まあ、今年は本当に色々なことが起きますね。まるでマンション管理のよろず相談所みたいですわ。……はっははーあ」やけくその笑い声も、お終いの方は溜め息に変わっていた。

吉田の無理なつくり笑いは、唇がひくついただけで声にさえならなかった。

管理人が下を向いたまま気の毒そうな声で言った。

「そうですか……。ご苦労様ですがお願いします」


正人は一人で、旭町派出所に向かっていた。N市にあるT不動産に寄って来たばかりであった。面談に応じてくれたのは、営業部長の肩書を持った男だった。大隅啓二と橋本治夫との賃貸契約を仲介したのは自分たちであるのは認めたが、それ以上の事には及び腰で、埒《らち》が明かなかった。それでも、賃貸契約書のコピーだけは手に入れることができた。

派出所の入り口に立っていた若い警官に正人が声をかけた。

「あの、こちらに前田さんはまだおいでになりますか？」

「前田！　前田巡査長ですね。居りますけど、貴方は？」

「あー、失礼しました。サンライズ・ハイツの自治会長の斉藤です。お会いしたいんですが」

若い警官が正人を残して中へ消えると、間もなく見覚えのある背の高い警官が出てきた。

前田巡査長であった。

正人の方から頭を下げた。

「どうも。斉藤です」

前田も、今日は制帽をかぶっていなかったので、敬礼の代わりに頭を下げた。

「ああ、自治会長さん、暫くです。確か、サンライズ・ハイツの管理組合の理事長も兼務されているんでしたね、ご苦労さんです。今日は何か事件ですか？　呼んで頂ければこちらから参りましたのに。とにかく中へ入ってください」

前田に従って中へ入ると、隅に在る小さなテーブルに向かい合って座った。

口を開いたのは正人が先だった。

「あのー、お忙しい所恐縮なんですが、相談があって参りました」

「何でしょう？」

「実はですねー……」T不動産屋で手に入れた一号棟三〇三号室の賃貸契約書を見せながら、これまでの経緯《いきさつ》を簡単に話し始めた。「……——というわけで、頭を悩ませているんですよ」

前田巡査長は、時々頷きながらお終いまで正人の話を聞いていた。そして言った。

「成る程、大体話は分かりました。最近この手の話はよくあるんですよ。ただ、解決するには難しい問題でもありますね。これ、ご存知だと思いますが、民事上の問題なんですよ。彼らが、暴力団の構成員であれば別ですが、何も法律に触れない限り彼らを追い出すのはね。お分かりでしょう？」

「ええ、それは分かります。でも、ハイツに住む人達の気持ちを考えますとね……」

前田がちょっと考えるふうにして暫し首を傾けていたが、思いついたように言った。

「今居る連中は、契約者自身じゃなくてその関係者だって言いましたね」

正人が応えた。

「ええ、留守番を頼まれたって言ってました」

「留守番ね……。うん、その手があるかもしれないな……」前田は独り言のように呟いていたのだが、頭を上げると急に大きな声を出した。「よし、兎も角一回、戸別訪問をしましょう。うん、それでいこう」

正人も何か救われたように声を出した。

「会っていただけるのですか？　それはありがたい。お巡りさんに来ていただくだけで、奴らも大人しくなるでしょう」

前田巡査長は腕時計を見て、同僚の警官に声をかけた。

「今から、管内の防犯巡視に出かけるけどいいかな？」

「はい、構いませんよ」

同僚の返事を聞くと、前田が立ち上がり正人を促した。

「よし、行きましょう」


二人は一号棟三〇三号室のアルコープに立っていた。

前田が声を潜めて正人の耳元に告げた。

「ドアに覗き窓がありますね。居留守《いるす》を使われるとまずいんで、私は陰に隠れています」

正人が呼び鈴を押したが返事は無かった。さらに続けて押すと、内側から物音が聞こえてきた。誰かが覗《のぞ》き窓から外を窺《うかが》っている気配がした。

正人の顔を確認したのか、ガチャリと音がしてドアが開いた。顔を見せたのは、兄貴と呼ばれていた中年の男だった。面倒くさそうな声を出した。

「やあ、管理組合の人だっけね。今日は何すか？」

正人が応える前に、壁の陰から前田巡査長が現れ、男に声をかけた。

「どうも、旭町派出所の者です。管内の防犯のための戸別訪問です。お手間は取らせませんから、ご協力ください」言いながら、前田は片足をドアの内側に滑り込ませた。男が思わずドアから手を離し一歩下がるのに合わせて、ドアを大きく開けてしまった。

男は一瞬怯《ひる》んだ様子を見せたが、落ち着きを取り戻すと、開き直ったように言った。

「派出所のお巡りさんが、どんな御用でしょう？」

前田が胸ポケットから手帳を取り出して言った。

「早速ですが、えーと、市の住民台帳によると今日現在、ここには橋本治夫さんが住んでいることになっていますね」前田が正人を振り返り訊ねた。「この橋本さんて方、借家人ですか？」

正人が応えた。

「はい、所有者は別にいます」

前田が男を見て続けた。

「ここには同居人は居ないことになっていますが、貴方は橋本治夫さんご本人ですか？」

慌てたように男が応えた。

「いや、違いますよ。橋本さんは今旅行中だから」

「ああ、そうですか。じゃあ、貴方は？　橋本さんとどういう関係ですか？」

「橋本さんの友達ですよ。留守番を頼まれましてね。最近は物騒ですから」

「で、橋本さんは今、どちらにおいでかご存知ですか？」

「フィリピンの方に出かけていますよ」

「連絡は取れますかね？」

「さーね。移動していますから、今どこにいるのかは分かりませんな」

前田はメモを取りながら、時々、目線を男の顔に向け、しつこく訊いた。

「でも、携帯ぐらい持っているでしょう」

男も落ち着きを取り戻したのか、ふてぶてしい態度で言った。

「無理だね！　山ん中だと携帯の電波届かないんすよ」

前田は、腹の中では苦々しく思っていただろうに、顔には出さず飽くまで冷静だった。

「じゃあ、橋本さんは、いつ帰国されるんですか？」

男は小ばかにしたような言い方をした。

「さーねー、分かんないな！　あの人仕事に夢中になるといつもそうなんですがね。まあ、来月にでも帰ってくるんじゃあないの」

「ふーん、その間中、貴方はここで留守番ですか？」

ニヤリと笑って男が言った。

「そうなんです。お巡りさん、ここん家《ち》ではペットを飼っているんです。ペットと言ったたって、犬や猫じゃないすよ。何だと思う？　熱帯魚なんすよ。しかも何十万、いや、何百万円もするのをね。だから私が頼まれたんすよ、留守番をね」

前田が男を睨みつけるようにして、厳しい口調で言った。

「ところで、あんたの名前は？」

男も負けてはいなかった。睨み返して応えた。

「何すか？　尋問《じんもん》でもあるまいし。答える義務はありませんな」

前田が一歩引くように穏やかな声で言った。

「だから最初に、ご協力くださいと申し上げたんですがね。お答えいただけませんか。弱りましたなー」手帳をポケットに仕舞い、腰のベルトの拳銃のあたりに手をやると、どすの利いた声で続けた。「警察を舐めてもらっちゃあ困るな。私は、あんたを不法住居侵入罪で現行犯逮捕することもできるんだぞ。分かってるのか、おい。さあ、名前を教えてもらおうか！」

見る間に、男の顔が青く変わっていった。男は、少しどもりながら言った。

「わ、分かったよ。俺の名前は田中康夫。俺は本当に橋本さんに頼まれたんだよ」

前田がしまってあった手帳を取り出しメモを取ると、「証明するものは、免許証もっていないの？」言い置いてぎろりと男を睨んだ。

慌てて男が応えた。「あるよ、ありますよ」ポケットから財布を取り出し、中から免許証を引っ張り出すと前田に渡した。

前田がそれを受け取ると、何やら手帳にメモを取っていた。

前田が免許証を男に返しながら言った。

「田中康夫さんね、留守番は良いですが、ご近所には十分注意をしてくださいよ。市の迷惑防止条例もありますからね」

ふてくされたような男に、「お邪魔しました」と前田は言うと、頭を下げる代わりに帽子の庇に軽く指先を触れ、ドアを閉めた。

階段を下りながら、前田が言った。

「この件、本署に報告しておきます。この田中って男、前科があるかもしれませんから。何かわかったら連絡します」

正人が応じた。

「いやー、助かりました。これで少しは静かになるでしょう。本当に有難うございました」

「じゃあ、どうも」

前田が立ち止まるときちんと敬礼をし、正人をその場に残して歩き去った。

一週間が経った。正人の自宅に電話がかかってきた。管理人からだった。

「理事長、今ここにN警察署の刑事さんがお見えなんですが、ご足労願えますか」

「刑事さんですか。……ああ、今行きます」

正人が慌てて集会所に駆け付け、管理人室のドアを開けると、目の前に二人の男が立っていた。自分の事務机の椅子に座っていた管理人が立ち上がると、二人に向かって言った。

「理事長の斉藤さんです」

正人は狭い管理人室に足を踏み入れると、後ろ手でドアを閉じた。

「N警察の刑事二課の村山です」二人のうちの年嵩の男が名刺を取り出し、正人に差しだした。そして傍にいたもう一人の男を紹介した。「同僚の森田刑事です」

「理事長の斉藤です」正人が軽く頭を下げて名刺を受け取った。名刺には村山の名前の上に警部補と書かれているのが読み取れた。

村山刑事が話を切り出した。

「早速ですが、田中康夫について、こちらで調べましたら前科があるんですよ。それも、最近千葉の刑務所を出所したばかりでね。以前は、ある暴力団に所属してたんですが、刑務所にいる間にこの組解散しちまってね。今はフリーのようです。でも、表向きだけだと思いますがね。こいつら一人じゃ生きていけないんですよ。それで、こいつのバックを洗っているんですが、どうもですね、覚醒剤《かくせいざい》の密売グループに関係ありそうなんですよ」

驚いて正人が訊き返した。

「覚醒剤ですか？」

村山刑事が表情を変えずに応えた。

「そう覚醒剤の密売です。最近、この市の周辺でも覚醒剤が出回っているって情報がありましてね。捜査中ですがね。でなけりゃあ、こいつ、人の家の留守番をしただけでは生活が凌《しの》げないでしょう。まして走《ぱし》りも何人か飼《か》っているみたいだし」

正人が不安そうな声で訊いた。

「それでこのハイツは、これからどうなるんでしょう？」

村山刑事が答えた。

「それでですね、理事長さんと管理人さんに協力願いたいんですわ」

正人の声が益々不安そうになった。

「はあ、どんな協力でしょう？」

「先ずですね、理事長さんの家の一部屋を貸してもらいたいんです。田中の部屋を見張りたいんですよ」

「はあ、今は空き部屋がありますから構いませんが」

「なに、二日か三日くらいですがね」さらに、村山刑事は管理人の方を向いて続けた。「管理人さんには、この部屋を貸してもらいたい。ゴミの集積場を見張るんですよ」

管理人も正人の方に目をやって、「分かりました」と言って頷いた。

村山刑事が続けた。

「これはお二方にしか伝えていませんので、くれぐれも内密に願います。情報が洩れると、逃げられますし、場合によっては住民の方に危害が及ぶかもしれませんのでね」

顔を強張《こわば》らせて正人が訊いた。

「で、いつから始めるんですか？」

「今晩からお願いできますか？」

観念したように正人が応えた。

「分かりました」


その夜から、刑事たちの監視が始まった。

いくら秘密にしろと言われても、妻の夕子に知らせないわけにはいかなかった。

正人が、これまでの経緯《いきさつ》を掻い摘んで夕子に話して聞かせると、意外な反応が返ってきた。

「へー、なんだかテレビの刑事もののドラマみたいね。刑事さんて若くてかっこいいのかな。わくわくするわ！」

正人は、夕子が怖がるだろうと思っていただけに、拍子抜けした。

「馬鹿！　これは本物だぞ。場合によっちゃあ怪我人が出るかもな。いや、銃撃戦で流れ弾が飛んでくるかもしれないんだぞ」

夕子は少女のように首をすくめ、「おお怖《こわ》!」と言ったが、本音では楽しんでいるようにも見受けられた。

「まあいい。兎も角、今夜から刑事さんが南側の部屋を使うからな」

「夜食はどうするの。お茶は?」

「そんなことに気を遣う必要はないさ。それより、このことは誰にも言うなよ」

妻の返事はいつもの通りで、緊張感が無かった。

「はいはい」

初日の夜は何事もなく朝を迎えた。二人の刑事が帰っていくと入れ違いにまた二人が現れた。どちらも、妻の夕子の意に反して、中年の草臥《くたび》れたような格好の刑事たちだった。期待を裏切らなかったのは玄関に脱ぎ置かれた革靴だった。どちらの靴底《くつぞこ》も、小説に出てくるように、見事にすり減ってしまっていた。

二人のうちの一人は、警部補の村山刑事だった。

村山刑事が正人に訊いた。

「斉藤さん、このマンションの燃えるゴミの収集日は明日の木曜日でしたね」

「ええ、そうです」

村山刑事が携帯電話で誰かと話をするのが、正人の耳にも届いていた。

「村山だが、ゴミの確保は今夜がやまだ。……──、そうだ。管理人室の見張り大丈夫だな。……──、よし、手はず通りにな。くれぐれも感付かれるなよ」

正人は尿意を催して目を覚ました。外はまだ暗かったが、時計を見ると六時を少し回ったところだった。トイレに立つと、隣の部屋から男の声が漏れ聞こえていた。

村山刑事の声だった。

「おい、黒っぽい服装の男がゴミの袋をもって階段を下りた。そっちに向かってる……」

数秒の沈黙の後、また村山刑事の声が聞こえた。

「見えたか？　よしよく見張れ。ゴミ袋を見逃すな。……──、よし、慎重にやれ。気づかれるな……」

正人と夕子が朝食のテーブルについている時、村山刑事が顔を出して言った。

「私らは、これで帰りますがまた今夜お邪魔します。奴らのゴミ袋を押さえましたんで、多分何か出るでしょう。令状が取れたら踏み込みます。もう少しの辛抱《しんぼう》ですから」

正人が言った。

「所謂、ガサ入れってやつですか？」

「それもありますけど、逮捕ですね。一網打尽《いちもうだじん》ですよ。……これ絶対に外へ漏らさないでくださいよ」

「勿論です。兎も角よろしくお願いします」

「じゃあ」と言って、村山刑事と同僚の刑事が出て行った。

夕方現れたのは、初日の刑事二人だった。

二人の顔には緊張感が漂《ただよ》っていた。こちらから声をかけるのが躊躇われるほどだった。何かが起こる予感がした。

正人は目を覚ました。一号棟の方から騒めきが聞こえたような気がした。時計を見ると朝の四時だった。部屋のカーテンと窓を少し開けて外を覗いてみた。暗闇に目が慣れると、階段の下と、三〇三号室の踊り場の辺りに黒い影が幾つも蠢《うごめ》いていた。その内に男たちの鋭い声が響いてきた。刑事たちが三〇三号室に突入したのだ。


その日の午後だった。

呼び鈴でドアを開けると、そこに立っていたのは村山刑事だった。目に隈《くま》が出来、見るからに疲れた様子だった。

「ああ、理事長さん。お世話様でした。もう安心ですから」

正人は戸惑いを隠せなかった。

「刑事さん、で、どうなったんですか？」

村山刑事が応えた。

「ゴミ袋からは覚醒剤の反応が出ましてね、令状取って踏み込んだんですがね……」村山は忌々《いまいま》しげに続けた。「すんでのところで逃げられてしまいました。情報が洩れるはずがないから、何かに勘《かん》づいたんでしょうかね。でも、あそこが覚醒剤の密売組織のアジトである証拠は押さえました。それに、部屋に出入りしていた売り子たちの面《めん》も割れましたんでね。奴らを全員指名手配しましたから、まあ、早晩《そうばん》捕まるでしょう」

正人が訊いた。

「そうですか。じゃあ、奴らはもう三〇三号室には戻ってこないんですね？」

村山刑事は確信ありげにきっぱりと言った。

「ないです！　……それと、借家人の橋本治夫は覚醒剤の運び屋なんです。フィリピンに潜んでいるという情報がありますので、インターポールを通じて国際指名手配をしました。これだけの事実があれば、民事上もマンションの賃貸契約の破棄には十分でしょう」

「そうですか。それじゃあ安心ですね」正人が頭を下げて、「どうも刑事さんご苦労様でした」。

村山刑事は深々と頭を下げると、踵《きびす》を返して去って行った。

(やれやれだ！)

正人は、難しいこの事件が解決したことに対する安堵感《あんどかん》と、またぞろ起きるかもしれない将来に対する不安感との複雑な思いで、その場に立ちつくしたままだった。

十

わんぱく公園の周りに植えられた梅の枝々にも、漸く白やピンクの花が咲き始めていた。

正人が一人で、サンライズ・ファイターズの練習試合の応援に来ていた。二月も末になると、どこの少年野球チームも六年生が抜け五年生主体のメンバーになっていた。その所為か、ファイターズのメンバーも、見た限り体格では他のチームに見劣りがしなくなっていた。寧《むし》ろ、ファースト・ミットを付けた女の子の背の高さが一際《ひときわ》目立っていた。ファイターズにとって、これで創部以来何回目の試合であろうか。最初の内は連戦連敗であったが、ここ数試合は互角に戦うことも有った。残念ながらまだ未勝利であった。

伊藤と吉田は所用があると言って来ていなかった。いつもの応援席のベンチには、正人の他、何人かの父兄が座っていた。

丁度試合が始まるところだった。いつもは大田が立っているはずのところに、久保田義則の父親が立っていた。不審に思った正人が見渡しても、大田の姿は何処にもいなかった。

一回の表、相手チームが先攻だった。ピッチャーは義則だった。一球目は高めの速球だった。先頭打者のバットは空を切った。正人が初めてキャッチボールをした時よりも、数段速くなっていた。二球目は外角の低めで、まったく手が出なかった。三球目はチェンジアップのような緩《ゆる》いボールに、タイミングが合わず簡単に三振となった。

次の内野に転がったボールもハンブルすることなく上手くさばいた。三番打者の打ったボールは外野に飛んだ。以前だったら万歳をするのだが、すっぽりとグラブに収まった。

正人が大きな声を出した。

「レフト、ナイスキャッチ！」

一回裏、ファイターズの攻撃だった。一番バッターは一番背の低い少年だった。相手のピッチャーのボールが浮ついて、フォアボールになった。二番バッターの送りバントで、ワンナウト、二塁に進んだ。三番義則が相手のエラーで出塁した。先取点の絶好のチャンスに、バッターボックスに立ったのはファーストを守る女の子だった。確か、皆にナナちゃんと呼ばれていた。相手方のキャッチャーと並んでも頭一つ抜きんでていた。

正人がバッターボックスに向かって叫んだ。

「ナナちゃん、頼むぞ。一発かっ飛ばせ！」

隣に座っていた母親たちも口々に叫んでいた。

「ナナちゃん。頼むわよ！」

一球目はストライクを見逃した。二球目も大きく空振りした。

相手チームの応援席から、ガラの悪い声が聞こえてきた。

「それでも四番かよ。女の子に打てるわけがないよ」笑い声が続いた。

正人が吼《ほ》えた。

「何だと！　女の子が野球やって悪いか」立ち上がりかけたのを、傍に座っていた誰かに袖を引かれた。

ナナちゃんは動じなかった。三球目は余裕をもって見逃した。大きくバットを構えて四球目を待った。カーン、金属的な音がしてひしゃげたボールが外野の頭を越えて飛んでいった。三塁打だった。

二回以降もよく守り、結局五回を終えてみれば三対一で、サンライズ・ファイターズの初めての勝利であった。

代理監督の久保田が、応援席に近づきお礼を言った。

「どうも皆さん応援ありがとうございました。今日は、大田監督の代理を務めさせていただきましたが、図《はか》らずも初勝利を挙げることが出来ました」

応援する者の数は少なかったが、大きな拍手が沸いた。

正人が、久保田に小声で訊いた。

「大田さんはどうしたんだい？」

久保田も小声で応じた。

「ええ、先週から体調が悪いとか言ってました。初勝利ですけど、何だか大田さんのお株を奪ってしまった気がして、申し訳ないですね」

「そんな事ないよ」一瞬間を置いて正人が続けた。「まあ、大田さんも本当はね、久保田さん、貴方に監督の座を譲りたいのかもよ。彼も僕らと同じ歳だからね……」

（大ちゃん、どうしたのかな）そういえば、最近「日の出屋」でも顔を合わせることが無かったのを思い出した。（まあ、明日にでも様子を見に訪ねてみるか。初勝利も報告しないとな）正人は胸の内で呟いた。


翌日の事だった。居間にある電話が鳴っていた。

「はい、斉藤ですが」

「お早うございます。管理人の大島です」

管理人の電話は、その先にいつもトラブルが待っていた。正人は身構えながら続けた。

「ああ、管理人さん。何でしょう？」

「こちらに、四号棟二〇三号室の大田さんのお嬢さんがお見えなんですが」

「えっ、大田さんのお嬢さん！」正人の脳裏《のうり》に稲妻《いなずま》が走り、胸の内に黒雲がむくむくと湧き起こってきた。「分かった！　今行きます」

受話器を置くと、靴を履《は》くのももどかしく階段を駆け下りて行った。

管理人室のドアを開けると、女性が立っていた。正人を見るとお辞儀をした。正人も軽く会釈を返した。女性が大田の娘であるのは直ぐに分かった。娘の茜と同じ歳のはずだった。

「理事長、大田さんのお嬢さんです」

女性が改めてお辞儀をし、口を開いた。

「大田の娘の加奈《かな》です。茜ちゃんのお父さんですよね？」

正人が眩しげな目を向け、応えた。

「そう、斉藤です。加奈ちゃんでしたね。結婚されたと聞いてましたが。で、今日は？」

管理人が先に応えた。

「理事長、それがですね、大田さんに連絡が取れないんだそうですよ」

「えっ、本当！」横殴りの雨に頭と顔を激しく叩かれたようだった。正人はせき込むようにして続けた。「電話してみた？」

娘の加奈が応えた。

「ええ、でも出ないの。携帯にも電話したんだけど、電池切れなのか反応が無いの。それでさっき、部屋の呼び鈴を押したんだけど返事が無いんです。私、ハイツの鍵預かっているんだけど、まさかこんなだとは思わなかったものですから、家に置いてきたの」話しているうちに顔色が変わってきた。

正人は、荒れ狂う心の中とは裏腹《うらはら》に努めて冷静な声で言った。

「うん、大田さんの携帯は信用できないからね。いつもスイッチをオフにしているんだ。

ひょっとして、旅行にでも出かけたかもしれないしね」

加奈が不安そうな顔のままで言った。

「父は、あんまり旅行したりしない人だから……」

正人が続けた。

「そうは言っても、お父さんにだってお嬢さんの知らない一面があるかもよ。失礼だけど、貴女の知らないお友達が居るとかね」

「父に、そんな器用な事が出来るわけがないです。野球しか趣味がありませんでしたから」

正人は言葉に詰まった。本当は、腹の中では同じことを考えていたのだから。

別なことを尋ねた。

「貴女のお兄さん、健児君は今どこにいるの？　お兄さんには連絡してるかもしれないよ」

加奈が答えた。

「兄は今インドに居ます。さっきやっと携帯が通じて、父の事訊いたんです。でも、心当たりはないって言ってました」泣きそうな顔になって、「私、どうしましょう！」その場にしゃがみこんでしまった。

正人は加奈と管理人を見比べながら言った。

「よし、兎も角行ってみましょう。管理人さん、マスターキーを用意してください。そうだ同じ四号棟だ。吉田副理事長も呼ぼう」

三人はぞろぞろと四号棟に向かっていた。歩きながら、正人はひたすら心の中で何もないことを祈るばかりであった。階段の下にある二〇三の郵便受けには何日分かの新聞が溜まっていた。

三人は二〇三号室のアルコープに立っていた。正人も管理人も無意識のうちに鼻をひくつかせていたが、特に異変は感じられなかった。階段を急ぎ足で上ってくる音がして、顔を出したのは吉田だった。

吉田が息を弾ませながら言った。

「何だって、大ちゃんがどうしたってよ？」正人の傍に立っている加奈を見つけると、頭を下げて続けた。「ああ、大田さんのお嬢さん。吉田です」

正人が応えた。

「うん、大ちゃんの音信が不通なんだ。そういえば昨日のサンライズ・ファイターズの試合にも来てなかったんだ。最近体調が悪いって話だったけどな」

吉田が頷いた。

「そうか、大ちゃん血圧が高いって言ってたからな……」

皆の思いは同じはずだった。お互いが顔を見合わせ、誰かの言葉を待っていた。

動いたのは加奈だった。

「管理人さん、鍵を貸してください。ここは私の家だったんですから」

加奈は管理人から鍵を受け取ると、躊躇うことなく鍵穴に差し込みガチャリと鍵を外した。そして、男達が息を殺し見守る中、ノブを引いてゆっくりとドアを開けると、それまで閉じ込められていた、中の空気がもわっと男たちの鼻先を擽《くすぐ》った。それは、男たちが想像していた臭いとは違っていた。普通のどこにでもある家庭の匂いだった。誰もが少しほっと胸をなでおろした。それまで息を止めていたのか、大きく息を吸い込む音が聞こえてきた。

正人が加奈に続いて玄関へ入ると、管理人も吉田も後に従った。

玄関に続く居間も廊下も薄暗かった。

加奈が電灯のスイッチを入れ、大きな声で呼んだ。

「お父さん！　お父さんいないの？」

なんの物音も聞こえてこなかった。

加奈を先頭に、正人、管理人、吉田の順で居間に向かった。中はカーテンに遮《さえぎ》られ薄暗かった。壁際のスイッチを入れると、天井からぶら下がったシャンデリア風の灯りが点り明るくなった。ソファー、テーブル、大型のテレビが整然と置かれ、異変があったようには見えなかった。

加奈が台所を覗いて戻って来て、皆に向かって首を振った。長い間、カーテンに閉め切られていた所為なのか、部屋は何処も冷え冷えとしていた。靴下を通して足裏に触れるフローリングの床も冷たかった。

次に加奈が向かったのは、父が寝室として使っている六畳の洋間だった。男達もぞろぞろと一列になって後を追った。加奈がドアのノブを回して、ドアを開けて叫び声を上げるまでに、かなり時間がかかったような気もする。いや、ほんの数秒だったのかもしれない。

「キャー！」

叫ぶなり、加奈が部屋に飛び込んでいった。一瞬の間をおいて、男達も、どたどたと足音を響かせ入り口に突進した。

加奈が大田の身体に取りすがり、叫んでいた。

「おとうさん、おとうさん！」

ベッドの脇のカーペットで覆《おお》われた床に、パジャマ姿でうつ伏せに倒れていたのは大田だった。立ち上がろうとして、そのまま倒れたのだろうか。右手を伸ばし、ベッドの脚を握っていた。加奈が泣き叫んでいた。

吉田が加奈の肩を抱きかかえ、立ち上がらそうとしていた。正人は、伸ばしたままの大田の右手に触れてみた。氷のように冷たかった。手首を握って脈動を探してみるが分からなかった。頸動脈に指をあてても反応は無かった。大田の身体を管理人と仰向けにして、胸に耳を当てても心臓の鼓動も、呼吸音も聞こえてこなかった。

正人が、立ち上がって断定的に言った。

「残念ですが、大田さんはお亡くなりになっています」大田の遺体を見つめながら続けた。

「死因は分かりませんが、死後二、三日は経っています。死後硬直がありませんのでね」

加奈が、父の死を受け入れられないのか、頭《かぶり》を振って叫んだ。

「そんな！　お父さんが死んだなんて。嘘でしょう。お願いです、誰か救急車を呼んでください」

吉田が応えた。

「そうだ。間違いってことも有るからよ、救急車を呼ぼうよ」

正人が冷静な口ぶりで言った。

「ええ、構いませんよ」

吉田がポケットから携帯電話を取り出し、救急車を呼んでいた。正人は、居間に置いてあった、固定電話で一一〇番をしていた。

五分ほどして、救急車とパトカーのサイレンが重なり合って同時に聞こえてきて、階段の下に停まった。飛び込んできたのは救急隊員の方が先だった。後から、どたどたと土足のままで踏み込んできたのは、制服を着た警察官と、刑事なのか鑑識官なのか、私服の男達であった。

救急隊員が、周りで見守る人達に向かって、事務的に言った。

「残念ですが、心肺停止です。ご遺体の状態から推測しますと、死亡時刻は二ないし三日前です。ここからは警察の方にお任せします」

言い終わると、傍にいた警察官の方を見て敬礼をした。

警察官が敬礼を返して言った。

「了解です。ご苦労様でした」

救急隊員が出て行った後を警察の人間が占領した。

私服の男が正人達に向かって訊いた。

「私らは、N警察署の者です。先ずですね、警察への通報者はどなたですか？」

正人が軽く右手を上げて応えた。

「はい、私です」

私服の男は、メモを取りながら質問を続けた。

「えーと、お名前と住所。それにお亡くなりになられた大田博さんとの関係ですね」

「斉藤正人。住所は旭町四丁目五番地サンライズ・ハイツ二号棟三〇三号室。それから大田さんとの関係はですね、友達ということと、私がこのハイツの理事長ということです」

「成る程。それから第一発見者はどなたですかな」

正人が続けて応えた。

「私たち四人です。発見までの経緯《いきさつ》を話しますとですね……――」今朝からの事を簡単に説明した。

私服の男が得心したように頷いた。そして、加奈の方を向いて言った。

「大田博さんのお嬢さんですね。いやご愁傷《しゅうしょう》さまです。お悲しみのところ恐縮ですがお答えください」

加奈がハンカチで目元を押さえながら小さく頷いた。

「先ずですね、このご遺体があなたのお父さんであることを確認いただけますか」

加奈が小さな声で答えた。

「はい、父です。父の大田博に間違いありません」

「お父様は何か持病《じびょう》がおありでしたか？」

「はい、血圧が高く薬を飲んでおりました」

私服の男は「ふんふん」と鼻から声を出しながら尋問を続けた。

「何か部屋の中で変わった所がありますか？　何か無くなっている物とかですね」

「いえ、特にはございません」

「ご家族は他に？」

「母は二年前に亡くなりました。兄の健児がおりますが、仕事の関係で今はインドで暮らしています。他にはおりません。ここには父独りでした」

それからもいくつかの質問をした後、私服の男は「ふーむ」と鼻から息を吐き出すと、手帳をパタンと閉じた。そして徐《おもむろ》に言った。

「状況から見て病死だろうとは思われますが、他殺の線も一応考えられますので司法解剖をいたします。その結果が出るまでは、この部屋は封印されますので出入りは厳禁です。宜しいですな？」

　加奈が「はい」と応えた。

「それから、司法解剖が終わったらご遺体を引き取っていただくんですが、引き取り人はお嬢さん、貴女で宜しいですね」

　加奈がまた「はい」と応えた。

　私服の男が、手で追い払うように正人達、四人に向かって言った。

「これから、現場検証をしますんで皆さん出てください」

　正人が加奈の肩を抱きかかえるようにしてその場を立ち退いた。吉田と管理人もその後に続いた。


　司法解剖の結果、脳梗塞《のうこうそく》による病死であり事件性は無いとの連絡が加奈のところに届いたのは、二日後の事だった。

　遺体は葬儀屋によって運ばれ、集会所の会議室に安置された。お通夜は身内の者だけで執り行われた。身内と言っても、息子の健児がインドからやっと帰って来たばかりだった。後は、大田の故郷の徳島の親族が数人と寂しいものだった。

　翌日は告別式だった。大田の元同僚や、ハイツの古くから居る住人が参列した。集会所では収容しきれず、玄関の外まで溢れていた。近くの真言宗のお寺から呼んだ、お坊さんの読経が流れていた。

出棺の時が来た。集会所の玄関の両側に、白いユニホーム姿の子供たちが並んで通路を作っていた。サンライズ・ファイターズの子供たちだった。正人達に担がれた柩《ひつぎ》が霊柩車《れいきゅうしゃ》に向かって粛々《しゅくしゅく》と進んでいった。

子供たちが一斉に叫び声を上げた。

「大田監督、有難うございました！」

「大田監督、さようなら！」

それは、参列者全員の魂《たましい》に響く声であった。


翌朝、正人の家の呼び鈴を押す者がいた。応対に出たのは妻の夕子だった。

「あなた、お客さん。大田さんちの健児さんよ」

玄関に体格の良い、日に焼けたたくましい青年が立っていた。成る程、大田の息子の健児だった。

正人より早く声をあげ、頭を下げたのは健児だった。

「おじさん、お世話になりました！」

「健児君。大変だったね。インドから駆けつけてきたんだって」

「ええ、不便なところに居るものですから、バスと列車と飛行機を乗り継いでやっと間に合いました。おじさんには、何とお礼を言っていいか。本当に有難うございました」

何だか正人の目頭が熱くなってきた。

傍にいた夕子が言った。

「健児さん、加奈ちゃんと二人きりになってしまったわね。そういえば、健児さんお嫁さんは？」

正人が慌《あわ》てて夕子を窘《たしな》めるように言った。

「そんなことはいいよ。家の晃だって独身じゃないか。健児君とは同じ歳だったね」

健児が微笑みながら応えた。

「そうです。晃君とは中学校の野球部でも一緒でした」

「そうだったよな。でも、サンライズ・ファイターズのメンバーで、大学まで行って野球やったのは健児君一人だけだからな」

「まあ、親父の夢を、僕が代わりに追いかけたのかもしれないすね。結局は叶いませんでしたけど」健児が笑うと、日に焼けた顔から真っ白な前歯がこぼれ出た。

正人が話題を変えた。

「それで、ハイツの家どうする？」

健児が応えた。

「僕が引き継ぐことにしました。僕、この夏には帰国することになっているんです。ですから、管理費も僕の日本の銀行口座から引き落とすようにします」

「そう、それは嬉しいね。で、一人で住むのかい？」

健児がはにかみながら言った。

「いや、実は帰国したら結婚するんです」

「いやー、それはおめでとう！　そうか、大ちゃんは、君のお父さんはきっとそれを楽しみにしていたんだ」正人は目頭が再び熱くなり、思わず健児の手を握ってしまっていた。「本当に良かった。実はね、また、サンライズ・ファイターズが出来たんだよ。君のお父さんが監督だったんだ。だから君が跡を継げばいい。お父さんもきっと喜ぶよ」

横に居た夕子が正人に囁いた。

「あなた、玄関口で長話もなんですから上がってもらったら？」

健児が慌てて腕時計を見て言った。

「いや、インドに戻る前にしておかなければならないことが、沢山あるものですから。この辺で失礼させていただきます」

正人が涙目で応えた。

「そうか、残念だけどな。今度帰国してきた時だ」

健児がドアのノブに手を掛けてから振り向いて言った。

「ああ、それからですね、親父の遺骨は、おふくろが眠っている徳島の墓に一緒に埋めるつもりです。そこから、海が見えるんですよ。二人とも、徳島に帰りたかったと言っていましたからね」

正人が鼻水をすすりながら言った。

「そう、きっと喜ぶよ。じゃあ、身体に気を付けるんだよ。帰ってくるのを待っているからね」

「じゃあ、失礼します」健児は一礼をするとドアを開けて出て行った。

正人と夕子は、足早に階段を駆け下りて行く靴音が聞こえなくなるまで、その場に立ち尽くしたままだった。

十一

四月も半《なか》ばになると、公園とハイツを隔てるために植えられた桜並木も、今はすっかり葉桜に変わってしまっていた。

開け放たれた窓から、何という鳥だろうか、小鳥の囀《さえず》りが聞こえてきた。

集会所の会議室には、定員いっぱいの五十席のパイプ椅子が所狭しと並べられていたが、ほぼ出席者で満員だった。窓も入り口のドアも開け放たれていたが、午後の日差しと人いきれで暑かった。サンライズ・ハイツの定時管理組合総会が始まろうとしていた。

壁際に並べられたテーブルには、議長と正人達管理組合の理事・監事が座っていた。

中央の席に座っていた正人が立ち上がり声を上げた。

「ええ、お忙しい所ご出席いただきまして有難うございます。これより、サンライズ・ハイツの第三十三回定時管理組合総会を開催いたします。恒例《こうれい》によりまして、議長は前理事長の黒木さんにお願いいたします。……ご異存が無いようですので、黒木さんお願いします」

正人と入れ替わりに、隣に座っていた黒木が立ち上がった。

「ご指名によりまして本総会の議長を務めさせていただきます、黒木です。議事の運営にあたりましては皆様のご協力をお願い申し上げます。それでは、早速ですが第一号議案の審議に移りたいと思います。この三月期の終了年度の『第三十二期決算報告』ですが、委託契約先のH管理会社さんお願いします」

H管理会社のいつも来る若い男が立ち上がり、前に出て来て説明を始めた。

「事前にお配りしました決算報告書をご覧ください……――」
二、三の質問が出たが、特に問題もなく十五分ほどで終わった。
議長が座ったままで、次の議案を読み上げた。

「第二号議案ですが、『修繕積立金の増額の件』に移りたいと思います。これは、提案者の理事会の方から説明願います。理事長、お願いします」

正人が立ち上がりその場で説明を始めた。

「理事長の斉藤です。お手元の資料をご覧ください。過去二回に亘って実施しましたアンケート調査などで概要はお分かりだと思いますが、ご説明申し上げます。ご存知の通り、近い将来行われます大規模修繕の為の資金が不足しております。昨年も増額について、総会に提案されましたが、残念ながら否決されております。この一年間、理事会で慎重に検討してまいりました。その結果が、本議案でございます。平均月額九千円の修繕積立金を四千円増額して一万三千円にすることです。その趣旨、御勘案の上、何卒、皆様の御賛同をお願いする次第でございます」

正人が一礼をして着席した。

議長が継いだ。

「えー、本提案に対しご意見を求めます」

直ぐに手を挙げたのは、最前列に座っていた相当年配の男性だった。正人も、この男というよりは老人の事をよく知っている。話したことは無いが、総会の度に手を挙げて注文を付ける、一言居士《いちげんこじ》だった。確か、気象庁に勤めていたはずだった。

「二号棟一〇一の大倉だが、年金生活者にとっては四千円といえど痛手だよ。しかし、このハイツを追い出されたら行くところもないからな。仕方がない、認めるよ。その代わり、確り修繕して後二十年は持ってもらわんと困る……」

隅の方でひそひそ話のつもりだろうが、その声は前の席にも聞こえていた。

「あの歳じゃあ、二十年も持たないよな」

「まったくだ」

発言した大倉の隣に座っていた女性が振り向くと、大きな声を出した。

「まあ、失礼な。そんな言い方はないでしょう！」

「そうだ！」「不謹慎《ふきんしん》だぞ！」

議長が声を上げた。

「静粛《せいしゅく》に！　意見のある方は手を挙げてください」

次に手を挙げたのは比較的若い男性だった。

「三号棟の三〇六の海上《うながみ》です。僕、ここのハイツを三年前に買ったんですけど。その時不動産屋の話だと、ここはメンテナンスが良いから、将来も修繕積立金は変わらないだろうっていうから買ったんですよ。値上げは困るんですよ、ローンもあるし、子供にだってお金が掛かるんだから……」

質問が終わらないうちに、今度は別の方角から声が聞こえてきた。

「そりゃあ、不動産屋の常套《じょうとう》手段さ。決める前によく調べなくちゃー」

「そう。自己責任！」

「……──」

議長が大きな声を出した。

「静粛に！　不規則発言はやめてください。……ほかにご意見は？」

中ごろに座っていた初老の男性が手を挙げた。

「えーと、室田です。あー、一号棟の二〇三です。ちょっと訊きますがね、大規模修繕ができなかったらどうなるんですか？　壊れたら建て替えるというわけにいかないのかね」

管理会社の男がすかさず立ち上がり、まるで想定問答集を読み上げるように答えた。

「建て替えはもちろん可能でございます。今の法律では八割の皆様が賛成すればＯＫです。それには多額の資金が必要です。ハイツを建て替えるには、先ず古い建物を壊して更地《さらち》にする費用が掛かります。それから、今と同等の建物を建てるとなると、ざっと見積もっても一戸当たり一千万円以上の負担が必要です。それに、どんなに工期を短縮しても二年くらいは掛かるでしょう。その間、皆様には何処かへ引っ越して頂かなくてはなりません。そのお金も自己負担です。ということで、一戸当たり、一千数百万円を現金でご用意していただくことになります。はいー」

後ろに座っていた男性が、座ったままで、大きな声を上げた。

「建て替えるのに同じものを建てる必要はないよ。十階くらいの高層にして、一階を商業施設にしてテナント料を取ったり、上の五階分を売却したりすればいいのよ。そうしたら、我々は一銭も出さなくていいんだ。寧ろ、お釣りがくるくらいだ、違うかね」

管理会社の男がしたり顔で応えた。

「どなたの発言か存じませんが、ご参考にお応えします。えー、他のマンションではそういった例もございますが、結論から申しますとここでは無理です。この地区は規制区域ですので、高層建築は認められません。せいぜい五階建てまでです。五階にしますとエレベーターが義務付けられますので、寧ろ割高になります。拡張するにも建蔽《けんぺい》率の規制に引っ掛かります。それに、十年後、二十年後にこの辺でマンションの新規需要があるか分かりませんです。はいー」

一言居士の大倉が後ろに向かって言った。

「だから儂が言ったろう。積立金を増やすしかないんだって」

その後も、賛成、反対の意見が続いたが、頃合いを見計らっていた議長が、決を採った。

結果は、アンケートで予想されていたことであるが、委任状も含め、賛成が七十五票、反対が十五票、棄権・無効が六票であった。

正人は立ち上がり、出席者全員に向かって深々と頭を下げた。

正人の着席するのを待って議長が発言をした。

「第二号議案は賛成多数で可決しました。続きまして第三号議案に移ります。『駐車場の増設と料金の改定の件』ですが、本件も提案者の理事会から説明願います。斉藤理事長！」

正人が再度立ち上がって話し始めた。

「本議案には二つの案件がございます。一つ目は、棟と棟の間の中庭のスペースを駐車場として有効活用する案です。これで、十台分の駐車場が増設出来ます。二つ目は、現行三千円の駐車料金を六千円に値上げする案です」手に持った資料をかざしながら続けた。「お手元の付属資料の三ページをご覧ください。この二つの事案によりまして、月額二十四万円の増収とすることができます。これは、修繕積立金の足りない分を補うものであります。どうかそのところをご理解の上、ご賛同いただきますようお願いします」

正人が着席すると、議長が意見を求めた。

真ん中あたりに座っていた中年の男が手を挙げた。

「駐車料金を倍に値上げした根拠は何ですか？　ここはね、駐車料金が安いのが魅力なんだからさ。困るんだよな」

H管理会社の男が、正人の後ろから立ち上がり説明しだした。

「えー、その件につきましては、管理組合の規約にも書かれていますが、駐車料金は周辺の市場価格によって変更することになっています。私どもが調査したところによりますと、この辺りの月極駐車場は概《おおむ》ね八千円です。因《ちな》みに、この辺のマンションの駐車料金も六千円を下ることはありません」

正人が継いだ。

「そういう事です」

前の方に座っていたシニアの男性が立ち上がった。

「二号棟三〇一の中村ですがね、駐車場足りないのかね。儂は後期高齢者だし、今度の運転免許の更新時に返上しようと思っておる。もう駐車場は要らんのよ」

正人が応えた。

「そういう方も居られるでしょうね。でも、現在空きを待っておられる方が十人以上います。それに、夫婦共働きで一家に二台欲しいという方も居られます」

後ろの方から女性の声がした。

議長の指名により立ち上がったのは中年の女性だった。

「四号棟三〇二の坂上です。中庭のスペース潰《つぶ》すって、どういうことですか？　欅があって、芝生が植えられているのに、緑をなくすんですか。住環境を何だと思っているの。到底賛成できないわ」

H管理会社の男が再び立ち上がった。

「えー、駐車場増設ですが、これは市の方にも確認してありましてですね、緑化基準には問題ございませんです。はいー」

坂上が再び立ち上がって激しい調子で言った。

「基準の問題じゃないのよ。あんな立派な欅を切るなんて信じられないわ。理事長、どう思っているの？」

正人が応えた。

「あのー、この計画には欅を切るようにはなっていません。ご安心ください。ただですね、アンケートでは、欅が邪魔だという人も居られます。日当たりは悪くなるし、毛虫が落ちてくる、枯れ葉が落ちるとね。なかなか上手くいかないものなんですよ」

議長が宣言をした。

「ええ、この辺で決を採りたいと思います。賛成の方、挙手願います」

委任状と合わせて、八割以上の賛成で可決された。

他の二つの議案は、混乱もなく淡々と可決され、最終議案となった。

議長が議事を進めた。

「本日の最後の議案です。『第三十三期管理組合役員の選任の件』ですが、お手元の候補者リストをご覧ください。候補の方、前へお願いします」

議長に促され、五人の男性と女性一人が正人達の前に整列した。その中の一人は、正人達と一緒だった若い村杉であった。正人を除く五人の役員で抽選をした結果、ばばを引いたのが彼だった。

「えー、特にご異存が無ければ拍手でもって承認といたします」

議長の声に、一斉に拍手が鳴り響いた。

「新役員が提案通り承認可決されました。では、新理事長の村杉さんから、一言ご挨拶をお願いします」

「四号棟一〇三の村杉です……――」

他の役員五人もそれに続いた。

議長が議案書を閉じると姿勢を正し閉会を宣言した。

「以上を持ちまして、第三十三回サンライズ・ハイツ管理組合総会を終了いたします。皆様、長時間にわたりご苦労様でした」

パイプ椅子の触れ合う音や、スリッパの音、人々の話し声で会議室内が一遍に騒がしくなっていた。

正人は立ち上がると左右にいる理事たちに頭を下げて言った。

「皆さんご苦労様でした」

理事たちもお互いに、「ご苦労様でした」と言い合っていた。

左側に座っていた田中女史が正人に言った。

「理事長さん、本当にご苦労様でした」

正人が笑顔で応えた。

「いやー、田中さんには色々お世話になりましたね。助かりましたよ」

田中女史が大きな瞳で正人を見つめながら言った。

「とんでもないです。私なんか、何もできなくて。でも、おかげでいろいろ勉強になりました。

斉藤さんて、本当に立派な方ですね。私、敬服しました」

正人が照れながら言った。

「これで理事会は終わりですが、同じ住民としてお付き合いください。いつか暇が出来たら、コーヒーでも飲みながらお話ししたいですね」

田中女史も何だか嬉しそうに応えてくれた。

「ええ、いつでも誘ってください」

正人が次の言葉を言いだそうとした時に右袖を強く引かれた。（なんだよ。良いとこなのに！）口をついて出そうな言葉を呑み込んで振り向くと、吉田だった。

そのすきに田中女史は離れて行った。

口元をニヤつかせて吉田が言った。

「おい、これからご苦労さん会をやろうぜ」

「ああ、良いよ。イトケンさんは？」

「勿論、誘うよ」

「じゃあ、この書類を置いたらすぐに行くよ」

「よし、決まりだな」

『日の出屋』には暖簾が掛かっていなかった。準備中の看板を無視して引き戸をガラガラと音を立てて開けると、カウンターの中で仕込みをしている大将の姿が目に映った。

店の中は薄暗かったが、大将が正人の姿を見ると大きな声で言った。

「いらっしゃい！　お独りですか？」

正人は勝手にカウンターに近づくと、いつもの席に座った。

「いや、いつもの連中。もっとも大ちゃんは居ないけどね」

「そうですね、大田さんね。……ビール？」

「うん。喉が渇いちゃった」

大将が仕込みの手を休めずに、奥へ大きな声をかけた。

「おおい、お客さん！　おしぼり持ってきて」

「はーい」声が聞こえて、間もなく女将が現れた。

「あら、斉藤さん。早いのね。お独り？　なわけないか」

ビールとグラスとおしぼりが正人の目の前に並べられた。手酌でビールをグラスに注ぐと一気に喉へ流し込んで、「ふー」と吐息《といき》をついた。

女将がお通しの小鉢を差し出しながら訊いた。

「今日は何なの？」

二杯目をグラスに注ぎながら正人が応えた。

「管理組合の総会。これでやっと解放されたよ。まったく酷い目にあったなー」

女将が慰めるように優しい声で言った。

「そう。ご苦労さん。理事長って、大変ね。そういえば、鳴海さんの遺骨、青森まで持っていってくれたんだって。鯵ヶ沢ってどう、田舎だったでしょう？」

「うん、でも思ったより良いところだった。住むには悪くないと思うな」

「で、遺骨はどうなったの？」

「多分、両親と同じお寺にある墓に埋められたと思うよ」

「そう。良かった。鳴海さんも喜んでいるっしょ。斉藤さんは偉いな、赤の他人にこんなに尽《つ》くすなんてね」

正人は黙ったまま、グラスに手を添えながら思い返していた。（鳴海は本当に喜んでいるだろうか？　彼にとっては最早、鯵ヶ沢は故郷ではないのかもしれない。この誰も知る人も居ない街で、無縁仏として葬られる方が良かったのかもしれない）でもこの思いを、何だか女将には知られたくない気がして、口に出す気にはなれなかった。

ガラガラと勢いよく入り口の戸が開く音がして、吉田が現れた。その後ろには伊藤の姿があった。

「いらっしゃい！」大将の威勢の良い声が響いた。

吉田が右に伊藤が左に、いつものようにいつもの席に着いた。

正人がグラスに手を添えながら言った。

「悪いね、先にやってた。喉が渇いてさ」

吉田が「うん、俺もさ」と言って、おしぼりを持ってきた女将に向かって、

「俺にもビール」

「はーい。伊藤さんは？」

「僕にも」

三人のグラスにビールが満たされたところで、吉田が声を上げた。

「管理組合に乾杯！」

「乾杯！」「かんぱーい」二人の声が続いた。

吉田が口元に笑いを浮かべながら言った。

「斉藤さん、悪かったな。邪魔しちゃって！」

正人には吉田が言った意味が、田中女史の事だとは分かっていたが、素知らぬ顔で応えた。

「えっ、何の事？」

吉田が顔では笑いを引きずったまま、真面目な声で言った。

「いや、良いんだ。兎も角理事長の重責、しかも二年間、本当にご苦労さんだったな」

「うん。でも、終わってみれば、結構面白かった気もするね。吉田さんはどうだった？」

「そういえばそうだ。しかし、この一年は本当に色々なことがあったからな」

伊藤が横から声をかけてきた。

「本当ですね。外国人が居たり暴力団が居たりして。……でも、僕だったら斉藤さんみたいには出来ないな」

吉田が継いだ。

「外国人か！　そういえばあのボインの女の人、まだ居るんかい？」

伊藤が応えた。

「居ますよ。でも、夏にならなくちゃあ、ボインは見られませんけどね」

皆が声を上げて笑った。

大将がカウンターから顔を突き出し、しんみりとした声で言った。

「でも、うちにとって一番は、大田さんが亡くなったことですね」

応える者はいなかった。誰もが、いつもの席に大田が座っていないことの不自然さを肌で感じていたのだ。

その場の湿った空気を吹き飛ばすように、吉田が威勢のいい声を上げた。

「大将、今日のおすすめは？　一番うまくて一番高いのを貰おうか」

大将も響くような声を返した。

「へーい、初物の鰹！　脂がのって美味いよ。それに、東京湾の浅利。このバター焼きは最高だよ」

「よし、それでいこう」

正人も伊藤もそれに乗った。

ビール瓶が空くと、正人は熱燗を、伊藤は焼酎のお湯割り、吉田が焼酎のロックをそれぞれ好き勝手に飲み、出された肴《さかな》を、黙々と箸を動かし口元へ運ぶのだった。

今日は何だか話が弾まないのだ。吉田が、ポケットから煙草を取り出しライターで火を点けた。目の前に置かれた灰皿には、既に三本の吸い殻があった。大きく吸って、ふーと天井に向かって煙を吐き出した。

吉田が言った。

「今日で、三十三回目か。管理組合の総会も。早いもんだぜ、俺たちが年を取るのも当たり前か」

正人が継いだ。

「そうだね。一回目の時を思い出すよ。……出席者は皆若かったから」

吉田が続けた。

「俺、暇だったから数えてみたんだけど、今日の出席者で知った顔は三割くらいだったたな。このハイツも変わっちまったな……」

伊藤が話に加わった。

「僕、ハイツの最初の募集《ぼしゅう》があった時、不動産屋の人から聞いたんだ。このハイツの入居者選定の基準があってね、誰でも彼でもが応募できたわけでは無いらしいんだ。上場会社の社員だとか、公務員だとか、身元が確りしていることと、勿論一定以上の収入が無いといけないけど、それよりも将来性を見るんだと言っていたね」

正人が言った。

「ふーん、そうか……。結局、不動産屋の選別機の枠をくぐって入居できた連中って、何だか金太郎あめみたいだね。……あの頃ね、毎朝早く家を出ると、近くの私鉄の駅のホームに知った顔がたくさんいたよ。帰りも同じだったな。そのくせお互い、ろくに話もしなかった。休みになれば、昼間は近くの公園で遊んで、夜はファミレスで飯を食ってさ、皆、判で押したような生活さ。今思えば不思議だね。当時は何とも思わなかったけど……」

吉田が短くなった煙草を灰皿にこすりつけ、焼酎のグラスに手を伸ばした。

「俺さー、ここに来る前は公団住宅に住んでいたんだ。そんでもってよー、土曜日の夜に何するんだわ。分かるだろう?」吉田が二人に同意を求めるように顔を向け、そして話を続けた。

「ある土曜日の夜だな、何をいたそうと思って先ず小便に立ったんだ。そうしたらよ、上の階からも隣からも一斉にトイレの流す音が聞こえてきたんだ。皆同じことをやってるんだと思うとな、すっかり戦意を喪失《そうしつ》しちゃってさ、かみさんに背中を向けて寝ちゃったよ」

伊藤が茶化《ちゃか》すような言い方をした。

「ふーん、じゃあどうやって子作りをしたんですか、吉田さん」

吉田が真面目な顔で応えた。

「うん、朝だよ。あさ！」

カウンターの中で仕事をしながら聞き耳を立てていた大将が、女将の居ないのを確認して、話に加わった。

「吉田さん、私も朝派なんですよ。ところで最近、朝の元気は如何ですか？」

吉田が苦虫を噛《か》み潰《つぶ》したように顔を顰《しか》め唇を突き出し、大げさに頭を振りながら言った。

「全然ダメ！　マムシもハブも効かないよ」

大将が手を止め、身を乗り出して言った。

「いよいよ薬ですかね？」

「バイア何とかいう勃起薬《ぼっきくすり》か？　遠慮するよ。心臓発作でも起こしたら目も当てられない。第一、医者に行って処方してもらうのも嫌だね。もっとも、命を懸けてまでやりたい女性もいないけどな」正人の方を向いてニヤリと笑って続けた。「どうだい、斉藤さんは？」

正人は矛先《ほこさき》が突然自分に向けられたのに慌《あわ》てて応えた。

「そ、そう。僕だって薬を使ってまでやりたいとは思わないよ」

カウンターの中も外も大きな笑い声が起こった。

女将が戻ってくると、不思議そうに言った。

「何、何が可笑しいの？」

吉田が笑いながら応えた。

「女将はいつ見ても魅力的だって話していたの」

「どうだか。またどうせHな話をしていたんでしょう」

笑い声が続いた。

笑いが収まると静かになった。

伊藤が真面目な語り口で言った。

「そういうの、類似性《るいじせい》とか同一性と言うんでしょうけどね。日本人は無意識のうちに、群《む》れたがるでしょう。逆に言えば異端《いたん》、異質なものを嫌うんですよ。だから他人の目を凄く気にするでしょう」

吉田が継いだ。

「分かるなその心理。俺が高校時代、髪の毛を目立たないように少しだけ伸ばしたり、帽子を被らなかったりしたのもそうさ。それだって所詮、高校生という群れからは抜け出せない、わずかな抵抗さ。それが証拠に、ジーパンやチノパンはいて学校に行こうとは誰も考えなかったものな。そもそもが、高校に行かないという選択肢は俺の中には無かったよ。何故って、それが当時の世の中のマジョリティだったからさ」

正人が頷きながら言った。

「そうだな。居心地が良いんだよ。同類の中に居るってことは、心が休まるんだよ。……でもそれって違う気がする。このハイツだってそうだ。いろいろな人間が居て良いんだよ」

吉田が言った。

「そりゃそうだ。田舎じゃ、年寄りも若いのも子供も皆一緒だ。おまけに、最近は外国人も沢山見かけるぜ。実習生という名の隠れ不法労働者がいっぱいいるし、農家の嫁さんだって外国人だからな」

正人が継いだ。

「会社だって同じさ。今や、外国人が沢山働いているよ。会社によっては社内の公用語が英語だなんてね。それに、海外のMBAだとかコンサルのキャリア・ホルダーだとかいった連中が幅を利かせているからね。昔はそんな事考えもしなかった。何しろ横並びの終身雇用だったから、右も左も同じような人間の集まり。出る杭《くい》は打たれるって言われてね、上司に文句を言ったら、『君、熟柿《じゅくし》が落ちるってことを知らんのかね』って諭《さと》されてさ。……僕ら、団塊の世代はやっぱり滑り込みセーフなんだよ」

伊藤が言った。

「多様性と言うんですけどね。日本全体が、気が付かないうちにそういう社会に変わっていたんですよ。だからこのハイツもそうなっても仕方が無いんです。いや、寧ろその方が自然かな。樹木だって、人工林よりも自然の雑木林の方が強いに決まっていますよ。野菜だって本当は、ばら植えの方が病気にも害虫にも強いって読んだことがありますよ」

正人が伊藤に拍手を送った。

「伊藤さんは、相変わらず物知りだね。いや、学があるって言ったほうがいいか」

沈黙が続いた。カウンターの中では、大将が野菜を刻む音をたてていた。

女将が、暖簾を掛けに引き戸を開けて外へ出て行くと、一瞬、外の空気が頬を撫でた。

吉田が煙草を引き抜き、火を点けるでもなく指に挟んだまま何処かを見つめていた。そして、誰にともなくつぶやくように言った。

「俺、二カ月くらいかみさんと家を空けるから……」

隣に座った正人の耳にも漸く届く程の小さな声だった。

正人が訊き返した。

「えっ、何だって？　家空ける！」

「うん、そう。二カ月な」

正人が声を上げる前に、伊藤に先を越された。

「へー、吉田さんが奥さんとお出かけですか。二カ月も！　奥さん孝行に、豪華客船で世界一周クルージングの旅ですか？　いけてますねー」

慌てて吉田が応えた。

「違うよ。俺がタキシード着たりして、社交ダンスをするわけがないだろうよ。……笑うなよ！　お遍路《へんろ》だよ」

正人が思わず裏返った声を出した。

「おへんろ？」

「そう、四国八十八カ所のあれ。歩き遍路だよ」

「だってあれ、四国全土を回るんでしょう。確か千キロ以上あるはずですよ」伊藤だった。

「分かっているよ。だから、二カ月くらいは掛かるだろうと思ってさ……」吉田がそこまで言うと、指に挟んだままの煙草に火を点けて続けた。「どうしてってか？　別に理由は無いよ。前から考えていたんだ。それでかみさんに話すと、どうしたわけか自分も一緒に行きたいって言うからさ。……俺、単身赴任長かったろう。一緒に旅したことなかったからな。まあ、そういう訳だ。ついでに、大ちゃんの墓参りをしてこようと思ってさ。確か、第一番札所の霊山寺の近くだと言っていたからな」

　正人がしみじみと言った。

「大ちゃんが喜ぶだろうね。それにしても、凄い計画だね。脚は大丈夫かい？」

「ああ、大丈夫だ。と言いたいけどどうかな」煙草の火を灰皿に落とし一息吸って続けた。

「ひょっとすると、十二番目の『へんろころがし』辺りで、顎《あご》を出して帰ってくるかもな。まあ、それもいいのさ。また、別の機会にそこから続ければ良いんだから。俺、般若心経《はんにゃしんぎょう》だって、空《そら》で唱《とな》えられるんだからな。やって見せようか。……観自在菩薩　行深般若波羅蜜多時照見五蘊皆空……――」

　正人が慌てて吉田の肩を叩いた。

「分かった、わかりましたよ」

「まあそういう訳だから、留守の間頼むよ。……君らは？」

伊藤が応えた。

「僕、ボランティアをやろうと思ってる」

正人が訊いた。

「ボランティアって、スペイン語とか英語を使ってかい？」

「ううん。日本語を教えるんだ。もう始めているんだけどね。日本語を外国人に教えるってなかなか難しいんだ。今まで内緒で勉強してきたんだ」

吉田が面白そうに言った。

「へー、イトケンさんの生徒って、女性かい？」

伊藤が真面目な顔で応えた。

「いや、色々だね、人種も国籍も。男も女も子供もいる」

「イトケンさんは偉いね」

伊藤は、正人に褒められたのが照れくさいのか、下を向いて言った。

「うん、僕は海外長いから、色々なところで地元の人に世話になったよ。そこの社会に溶け込むのには会話だね。言葉を話すことさ。お互いを知ることだね。そうすれば要らない軋轢《あつれき》も無くなるんだわ」

正人も、下を向いて聞いていた。聞き終わっても下を向いたままだった。自分のこれからの事を訊かれたくなかったのだ。実は、新しい理事長の村杉から、自治会長をもう一年続けてくれと懇願されたのだ。特に断る理由も見つからなかったからOKしてあった。その内に、彼らにも知れるだろうが、この場では何故だか知られたくない気がしたのだ。

正人は考えていた。自分の世界に入ってしまっていた。

昨年の三月に、翌年の新理事長を選ぶのだって本当は正人がやるはずではなかったのだ。偶々《たまたま》くじ引きに当たったのが、シングルマザーの女性理事だった。彼女の涙ながらの頼みに、つい絆《ほだ》されて身代わりを引き受けてしまったのだ。その時、妻の夕子に言われた嫌味が胸の内に残っていた。今度の自治会長の件もまだ夕子に話していなかった。

吉田が声をかけてきた。

「斉藤さん、どうしたい。元気がないみたいだが。まあ、兎も角、ご苦労さんだったね。俺は感謝するよ。少し、ゆっくり休むといいよ」

伊藤も心配そうに正人の顔を覗き込んでいた。

正人は漸くふっ切れたのか、明るい声で言った。

「うん、僕ね、もう一期自治会長をやることにしたんだ。新理事長に頼まれちゃってさー。まあ、他にやることないしさ」

吉田も伊藤も黙って頷いていた。

正人は口には出さず心の中で呟いた。(何でかって訊いてくれよ！　俺はこの一年間で分かったんだ。ハイツにも、昔の田舎のような村長《むらおさ》が必要なんだぜ)
吉田がグラスを掲げ、大きな声で言った。
「よし、我々の前途を祝って、乾杯だ！」
「乾杯！」「かんぱい！」グラスの合わさる軽やかな音が響いた。

三人は連れだって、ハイツへの帰り道を歩いていた。

ハイツの入り口にある、山桜は今年も花を咲かせた。木の根元に立ち止まって見上げると、月の明かりに照らされて梢の先まで見通すことができた。花びらが散って葉っぱばかりが目立っていた。それでも、残された花びらの幾片かが風にゆられて舞い降りてきた。

吉田が木の幹を掌で軽くたたいた。

「この木、樹齢《じゅれい》何年かな？」

正人が応えた。

「さてね、来た時から結構大きかったからね。あれから三十三年だろう、六十くらいにはなるだろうね。山桜ってどのくらい生きるものかな？」

伊藤も、掌で幹の感触を確かめるように撫《な》でながら言った。

「多分、百年は生きるでしょうね。でもこの木はそれまで持つかな。枝は刈られるし、根っこはアスファルトに邪魔されているからね」

「てことは、後二十年か三十年は持つってことだ」吉田はそこまで言って正人と伊藤の顔を見比べ、話を続けた。「その頃、このハイツはどうなっているのかな。このまんまかな、それとも解体されているのかな……。まあどっちにしても、俺はここには居ないだろうよ。命尽きればあの世行きか！」

伊藤も正人も黙ったままだった。

「寒くなった。帰ろうぜ！」

吉田が背中を丸めて先に立って歩き始めるのに、伊藤も従った。

正人はもう一度、山桜の梢を仰ぎ見た。月が青白い光を放っていた。細長い雲の塊が幾筋も東から西へ流れて行った。見上げる自分も一緒に流されて行くようだ。何だか、見えるはずもない時間が、この瞬間から未来に向かって流れてゆくようにも思えるのだった。

正人は、手が冷たくなったのでズボンのポケットに突っ込み、前を向いて歩き始めた。先を行くはずの二人の姿はとっくに視界から消えてしまっていた。

完

あとがき

大都市周辺の空き家が目立っている。嘗《かつ》ては、高級とはいえないまでも、そこそこの戸建住宅が立ち並んでいた団地にも、空き家が増えている。庭先には雑草が生い茂り、固く閉ざされた門扉の鉄の部分には赤い錆が浮いている。門柱に据え付けられた郵便受けは埃にまみれ、取り出し口が開いたままだ。周りの家々も人が住んでいるのか居ないのか、物音ひとつ聞こえてこない。団地の近くにあるコンクリート三階建ての建物とその前庭には人っ子一人見当たらない。そのはずである。何年か前に、統廃合により閉鎖された小学校なのだから。駅前にあった、老舗《しにせ》の有名デパートは既に過去形となってしまっている。

私の住む街でも、散歩の途中で容易にみられる景色である。まして、ちょっと車で遠出をすれば、廃線、廃校、廃屋《はいおく》にお目にかかる機会は決して少なくない。

最近、漸《ようや》く空き家の問題がクローズアップされだした。三、四年前の政府調査によると、全国の空き家は八百二十万戸で、全体の十四パーセントにあたるとのことであった。これが、民間の研究機関の予測によれば、その二十年後の二〇三三年には二千万戸を超える全体の三分の一、つまり三軒に一軒が空き家になるという凄《すさ》まじい報告がなされているのだ。

次に、区分所有の集合住宅、所謂マンションについて考えてみたい。

国土交通省によると、二〇一六年末で全国にある分譲マンションの数は六百三十万戸で、その一割の六十万戸が築四十年以上であった。これも民間の予測であるが、十年後には三倍の百七十万戸に達するとの事である。現在のマンションの平均的耐用年数は、六十年ぐらいと言われている。元々、耐震偽装《たいしんぎそう》や手抜《てぬ》き工事などがなくとも、地震や自然災害の多い日本では、センチュリー・マンションを望むのは無理なのかもしれない。

問題は、建物の老朽化《ろうきゅうか》とともに所有者の高齢化が進んでいることである。建て替えるには所有者の五分の四以上の賛成が必要である。加えて、解体費用に始まって、建築費、移転の一時費用等決して少なくない金が必要である。そんな資金的余裕がある高齢者がどれほどいるだろうか。

同様に、マンションを解体して跡地を売却するには、所有者全員の賛成が要る。たとえ将来、法律を変えてハードルを低くしたとしても、更地にするための解体費用が、跡地の売却価格より低くなければならないのだ。将来の土地・住宅の需要低迷を考えれば、不可能だとは言わないが簡単ではない。まして、雀の涙ほどのはした金を立ち退き料として貰ったとして、お年寄りの居住者には何処へ行けというのか。

現在住んでいるマンションの寿命を少しでも先延ばしするためには、修繕維持・メンテナンスが重要なのは言わずもがなである。普通、機械装置でも構築物でも、ライフタイムでかかるコストは初期投資額と同じぐらい必要とされている。しかも、コストの発生は経年とともに放物線を描いてゆくのである。決して直線的に発生するわけではないのだ。

ところがマンションの発売時には、デベロッパーや不動産会社は月々の修繕積立金を必要以上に低く設定するのが実情である。彼らにとっては、売りやすくするためには当たり前の戦略かもしれないが、『先憂後楽《せんゆうこうらく》』のまさに真逆『先楽後憂《せんらくこうゆう》』と言わざるを得ない。その結果、多くのマンションで経年とともに修繕積立金の不足に直面し、その大幅な増額に迫られることになる。これが後々、所有者にとって大きな問題となり、トラブルの原因となるのである。

管理費・維持費の増額と大規模な修繕、そして最も難しい立て替え。加えて、どこにでもある居住者同士の諍《いさか》い、孤独死、所有者不明、違法な又貸し等。今後、マンションを巡って発生するこれらの問題は、今まで以上に深刻になることは考えるまでもない。

小説に書いてはみたものの、誰が好んで管理組合の理事長や自治会長を引き受けるであろうか。現在マンション暮らしの私自身、甚だ疑問に感じているのである。しかし、そんな状況だからこそ、現代の村長《むらおさ》が確かに必要なのだと言いたい。


さて、冒頭に空き家が増えてゆくことを紹介したが、何故だろうか。核家族化だとか、大都市一極集中だとかいろいろ理由が挙げられるが、結局のところ新規の住宅着工・発売が止まらないからである。では何故、中古住宅に目が向かないのか。これも、戦後の日本の文化なのかもしれない。安かろう、悪かろう。消費・使い捨て。残念ながら、日本伝統の『もったいない』はとっくに忘れられ、ノーベル賞をもらった、ケニアのワンガリ・マータイさんにお株を奪われてしまった。

平成に代わって久しい。いつの間にか人口減少が始まり、高齢化が猛スピードで進んでゆく中、経済成長は長らく低迷したままである。これに対して、リフレ派と称する学者やエコノミスト達の神輿《みこし》に担《かつ》がれた政府は、「金融緩和、財政出動こそが経済を成長させる救世主だ」の一点張り。そのお先棒《さきぼう》を担ぐ日銀はといえば、輪転機が焼け付くほど一万円札を刷《す》り続け、日本中の国債を買いまくっている。とどのつまりが一千兆を超える国の借金。このままでは、将来にわたって減らすどころか増える一方である。誰がこの借金を払うのか、次世代の若者たちである。おまけに、日本中に積みあがった、原発のゴミ。二十万年先まで無害化しない、高濃度放射性廃棄物をどう始末するというのか。

積年にわたりばらまかれてきた公共投資。線路も高速道路も港湾も、トンネルだって維持修理・メンテナンスを怠《おこた》ればたちまち劣化《れっか》してゆくのである。昭和の三大愚行《ぐこう》と世間から揶揄《やゆ》された青函トンネルにその将来はあるのだろうか。

介護の問題が深刻化している。今日ですら、全人口に占める高齢者の割合が三割に達しようとしている。数年後には、釣り鐘《がね》型人口構成の出っ張りの部分、団塊の世代が七十五歳以上の後期高齢者になる。誰が面倒を見るのか。

若者たちにとって、この絶望的な将来を思えば、虚無的《きょむてき》になり現実逃避《とうひ》をしたくなる気持ちも分からないではない。

しかし、若者よ、そんなに悲観的に考えることはない。どうせ、団塊の世代を含む年寄り達も、この先二十年も三十年も生きていけるわけでもあるまい。その内、彼らの貯め込んだプライベート資産が、世の中にごっそりと吐き出されるじゃないか。これで国の借金が賄《まかな》えるかもしれない。

そんな事よりも、今からでも遅くない。馬鹿の一つ覚えみたいな「GDP至上主義」から「おさらば」することだ。リフレ派の学者もエコノミストも、いや、官僚や政治家だって、この国が制御不能のハイパーインフレになったとしても、誰も腹を切る覚悟などないのだから。

ブータンではないが、幸福とは何かをもう一度考え直してみようよ。そうすればきっといい考えが生まれてくる。

かく言う私も、団塊世代の一員である。言い訳ではないが、「食い逃げ」「滑り込みセーフ」世代と呼ばれて、うしろめたさを感じないわけでは無いのである。

二〇一七年十二月

菊池次郎

菊池次郎作品（東京図書出版）

サンセット・ボーイズ

都会の狭間《はざま》、河川敷、人生に黄昏《たそがれ》た男達が暮らす。金も名誉も家族さえ失くし、あるのは束縛のない自由だけ。でも悲観する者はいない。ちょっと運が悪かっただけの話。社長、駐在、球児、代議士、学者、お互い、本当の名前も過去も知らない。

「刑務所じゃあ、寝る所とおまんまの心配は要らないだろうがな。……でも、やっぱり自由が良いよな。話し合える仲間がいいよな」

ツイスト・ア・ロープ　―糾《あざな》える縄の如くに―

嘗《かつ》て戦争があった。悲しみと憎しみの中にも、時として、人と人とを結びつける絆《きずな》が生まれる。戦時下のインドネシアから戦後のオランダ、そして現代の東南アジアへと、戦争の長い影を踏みしめながら、愛と友情が世代を超えて未来に繋がる。

勇とアンナ、勇と金吾。遠い日の二つの出遭いが物語の始まりだった。それが、地理的隔たりと時空を超えて、今日まで誘われてきたのだ。〝運命の糸が絡み合っていた〟としか言いようがなかった。

群青の朝《あした》

樺太、終戦、悲惨《ひさん》な抑留《よくりゅう》生活が始まった。澄江は二人の子供を抱えて必死に生きていく。そして俊也が生まれる。誰に祝福されることもなく。引き揚げ、北海道での開拓生活と一家の苦難が続く。

やがて俊也に、己の運命を知る日がやってくる。「認知証明書」、そこには俊也の出生の秘密が書かれてあった。俊也は一人で本当の父であるその男の後を追いかけてみるのだが、杳《よう》として消息が掴めない。

月日は流れ、渉外担当部長として、株主総会の闇の部分に関わってゆく俊也に、東京地検の捜査の手が迫ってくる。そんな中、偶然にも……。

菊池　次郎（きくち　じろう）

1949年１月北海道に生まれる。1972年３月弘前大学人文学部を卒業。40年間にわたるサラリーマン生活を経て、現在執筆活動に専従する。

【著書】
『サンセット・ボーイズ』（東京図書出版）
『ツイスト・ア・ロープ　糾える縄の如くに』（東京図書出版）
『群青の朝』（東京図書出版）

サンライズ・ハイツ

2018年２月15日　初版第１刷発行

著　者　菊 池 次 郎
発行者　中 田 典 昭
発行所　東京図書出版
発売元　株式会社 リフレ出版
〒113-0021　東京都文京区本駒込 3-10-4
電話（03)3823-9171　FAX 0120-41-8080
印　刷　株式会社 ブレイン

ISBN978-4-86641-123-1 C0093
Printed in Japan 2018

ご意見、ご感想をお寄せ下さい。

［宛先］〒113-0021　東京都文京区本駒込 3-10-4
東京図書出版